# La noche viene sin ti

# Julio Prado

## La noche viene sin ti

El papel utilizado para la impresión de este libro ha sido fabricado a partir de madera
procedente de bosques y plantaciones gestionadas con los más altos estándares ambientales,
garantizando una explotación de los recursos sostenible con el medio ambiente y beneficiosa para las personas.

**La noche viene sin ti**

Primera edición: febrero, 2022
Primera reimpresión: marzo, 2022

D. R. © 2022, Julio Prado

D. R. © 2022, derechos de edición mundiales en lengua castellana:
Penguin Random House Grupo Editorial, S. A. de C. V.
Blvd. Miguel de Cervantes Saavedra núm. 301, 1er piso,
colonia Granada, alcaldía Miguel Hidalgo, C. P. 11520,
Ciudad de México

penguinlibros.com

ISBN: 978-607-380-191-1

Impreso en México – *Printed in Mexico*

*Para Mynor, Álex, Claudia, Pilar y Norma.*

*Hay que cartografiar la región de la noche.*
José Manuel Aguilera

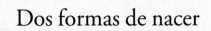

# Dos formas de nacer

# 31 de marzo del 2006

Llora Joaquín y con su llanto viene el alivio porque respira, que no es poca cosa. Conoce la vida fuera del vientre de su madre, que está en la camilla, con los ojos llenos de lágrimas de emoción, de dolor, de tranquilidad. El médico lo eleva tomándolo de las piernas y las enfermeras corren de inmediato a limpiarlo, examinarlo y por fin envolverlo en una sábana.

Es un bebé saludable, nacido en un día caluroso del trópico, de esos en los que el sol tremendo te priva de la mano abierta y protectora de una sombra. Así vino al mundo, también con prisa, un mes antes de lo esperado. Cuando esta mañana su madre se sentía cansada no imaginábamos que terminaríamos en el hospital. Se suponía que nacería a finales de abril, pero aquí nos tiene embelesados con su llanto, acariciándolo antes de que las enfermeras se lo lleven a la incubadora donde pasará buena parte de la noche.

Somos padres: qué tremendo peso siento al pensar en ello. Hoy se creó un vínculo irrompible en un hospital del Periférico, rodeado del ruido del tráfico. Estoy conmovido. ¿Vas a llorar?, me pregunta el anestesista, poné atención mejor. Lloro porque precisamente puse atención, cómo le explico.

Lucía está exhausta, la dejo descansar un momento. Yo salgo a hacer todas las llamadas necesarias: a nuestras madres, a nuestra familia, a los amigos.

Estoy lleno de alegría. Son conversaciones cortas; por ejemplo, mi madre me pregunta si necesitamos algo, que si ya comí, que si las cosas en casa quedaron en orden, que si cerramos con llave, que si tenemos la maleta de emergencia con nosotros. Al terminar las llamadas, todo parece darme vueltas en la cabeza. Salgo a tomar un poco de aire fresco en el estacionamiento del hospital.

El tiempo transcurrió sin que lo notara, acabo de darme cuenta de que son casi las dos de la mañana. Los árboles se mecen con una leve brisa nocturna. El ruido del tráfico cedió ante el silencio y solo de vez en cuando se oye el estruendoso sonido metálico de una motocicleta, chillante como el ruido de una licuadora. Pero nada me distrae de lo importante: acaba de nacer Joaquín y todo parece nuevo, el aire, la vida, y una responsabilidad que desconozco.

Hasta ahora he sido capaz de sobrevivir en esta ciudad despiadada, pero se trataba solo de nosotros, con Lucía. Ahora alguien depende de mí. Es una sensación que jamás había experimentado. No tuve un padre, así que tendré que hallar la forma. A lo mejor siendo el que yo hubiera querido tener, imaginando la manera de serlo para Joaquín.

Entro a platicar con las enfermeras. Me dan todo tipo de consejos, me dicen cómo cargar al niño, cómo alimentarlo, cómo bañarlo, cómo tratar el ombligo. Antes de salir, el médico me explicó cómo se cura la herida que se hace en los partos naturales. Todo parece complicado, todo está lleno de sangre, heridas y cicatrices. Todo tipo de dificultades que no sufro yo, un mero espectador que, si bien puede ayudar, se siente totalmente impotente.

Así comienza la vida, y con ella, el dolor, la dicha y todo lo que el corazón de mi hijo sea capaz de sentir, como sus padres ahora emocionados como nunca. Mi corazón se enciende en la noche y parece iluminar toda la oscuridad de esta y las noches futuras de tanta luz. Bajo esas circunstancias estamos. El jardín infinito del futuro se abre esta noche.

Lucía duerme y la veo dormir en la habitación del hospital. Todo está callado, totalmente en silencio, y está así hasta que entra la enfermera con Joaquín, que llora y quiere comer.

## 2 de abril

Salimos del hospital. Una enfermera empujaba la silla de ruedas con Lucía en ella cargando a nuestro hijo. Bajamos por las rampas del hospital, entre las plantas marchitas y las grandes vidrieras opacadas por la película negra que las oscurece.

La enfermera nos ayudó a subir al auto. Lucía prefirió el asiento de atrás donde iba más cómoda. Conduje lento. Hacía un sol espléndido, de esos que te abruman de tanta luz. Puse el aire acondicionado, pero no era suficiente para disminuir la temperatura. Joaquín iba dormido.

Pasando por el Centro camino a nuestra casa, en una carretera antigua a Chinautla, nos encontramos una procesión atravesando la Calle Martí. Estábamos atorados frente a las ventas de pintura, burdeles disfrazados de casas de barrio, con el sol pegando de lleno en el gris aceitoso del asfalto y el zinc oxidado de las láminas viejas de las casas alrededor.

La procesión con el Cristo nos salió al paso, con la marcha fúnebre; siguiéndola, nubes de incienso que se dispersaron por todo el lugar. Yo miraba constantemente por el retrovisor, para saber si Lucía y Joaquín estaban bien. Ella, pensativa, miraba por la ventana. Joaquín estaba profundamente dormido. Ni un sonido mientras todo aquel escenario de fe, tragedia y tráfico ocurría.

—Vamos para largo, me dijo Lucía, acomodándose en el asiento.

Asentí con la cabeza. Media hora después finalmente pudimos llegar a nuestra casa: me gustaba mucho, era un sitio de dos pisos, con un techo a dos aguas forrado de tejas. Parecía una cabaña en medio de un jardín muy extenso. Adentro teníamos más plantas que le daban vida a los espacios que se encontraban bien iluminados durante todo el día. Nuestra habitación estaba en el segundo nivel. Hasta ahí subimos con mucho cuidado para que no se lastimara Lucía en las gradas. Ella se acostó a dormir. Yo tomé a Joaquín y lo puse en su cuna, al lado de nuestra cama.

Me acosté a vigilar el sueño de Lucía acariciándole la frente, hundiendo suavemente mis dedos entre su pelo mientras veía por la ventana el inmenso cielo azul de aquella calurosa tarde. Quise dormir, pero no pude, así que bajé a la sala, a sentarme en el sillón y abrir un libro. Había silencio y lo llenaba con preguntas. ¿Qué tipo de padre seré? Pensé en el mío que nunca vivió conmigo, se divorció de mi madre cuando tenía dos años; desde entonces solo lo vi una vez más.

Tengo claro nuestro último encuentro, yo tenía tres años. Estaba sentado en la mesa del comedor de mi abuela. Mi madre no estaba en casa. A sus espaldas el ventanal de la sala dejaba entrar de lleno la luz. Yo me senté del lado contrario en la mesa, lejos de él. Le dije que me gustaba *La guerra de las galaxias*, que quería una nave a escala y me dijo que me la iba a comprar. Lo único que no recuerdo con claridad es la cara de mi padre porque la luz me pegaba de frente, así que lo que tengo en mente es una conversación con una sombra.

El siguiente recuerdo con mi padre es de esa misma visita: un cielo azul; caminaba junto a él para acompañarlo a la estación del bus. Me acarició el cabello, y me dijo: Este pelo hay que peinarlo con un rastrillo, y me eché a reír, porque mi abuela tenía un peine gigante de adorno en el baño y pensé que mi padre me peinaría con él. Eso es todo lo que tenía de mi padre. Ahora, desde esta especie de orfandad, me tocaba ser el padre de Joaquín, que rompió el silencio y empezó a llorar.

# 5 de abril

Un desfile interminable de gente nos visitó en casa. Mi madre, mi hermana, mis abuelos, la madre de Lucía, su familia, los vecinos, los amigos del trabajo, incluso mis amigas de la universidad. Cada quien nos dejó una lista infinita de consejos sobre cómo cuidar al bebé: que si algo rojo para evitar que le hicieran mal de ojo, que si las estrellas de anís en el biberón, la manzanilla, el tilo, la cal de segunda, las hierbas para que Lucía pudiera dar de mamar cinco litros diarios de leche, yo qué sé. Cada quien tenía una manera de contarnos cómo se trata a una criatura.

Estábamos un poco aturdidos de tanta gente, no éramos las personas más sociables del mundo y ahora, haciendo café sin parar, cambiando pañales, mandando a pedir pizzas para todos y viendo cómo nuestra casa se volvía un centro de operaciones de la familia entusiasmada por el nacimiento de nuestro hijo, parecíamos fuera de nuestro sitio.

Lucía estaba cada vez más animada, sentada en una silla del comedor, donde la luz que entraba por el jardín trasero de la casa le iluminaba el rostro. La vi radiante, cargando a Joaquín, sonreía de nuevo, parecía recuperarse bien. Incluso estuvo sonriente y amable con la red de vecinos que llegaron a visitar al bebé. No congeniábamos con ninguno. Ese año, dos de las niñas vecinas nos habían rayado el auto a nosotros y a los vecinos de al lado. Unas vándalas.

Aquello de ser padre primerizo era, en primer lugar, recibir visitas y consejos interminables y luego momentos de soledad y silencio donde nos quedábamos a cargo de Joaquín. La sensación de vacío que enfrentábamos Lucía y yo. El cansancio, el llanto cada dos horas del bebé. La televisión prendida y nosotros durmiendo. Sobre todo era agotamiento y confusión.

# 6 de abril

—¿Vas a ir a trabajar?, preguntó Lucía mientras apagaba el despertador.

Eran las seis y veinte de la mañana. Estaba listo para regresar a la oficina.

—Sí, me toca ir, se acabó el permiso, respondí bastante desilusionado.

—¿Puedes pasar cambiando a Joaquín?, dijo, mientras se volvía a cubrir con las sábanas.

Atendí a Joaquín y luego desayuné un café. Conduje hasta la oficina; trabajaba en el Ministerio Público. Llevaba cinco años ahí; comencé como asistente en una unidad que conocía Derecho constitucional y ahora era auxiliar fiscal en la Fiscalía de la mujer. El cambio vino de pronto, sin que lo pudiera prever. Lo tomé tal cual, pensando que era una oportunidad para aprender. Recién acababa de terminar la carrera y estaba aún por decidir lo que debería hacer con mi vida profesional.

Me tomaba más o menos diez minutos llegar hasta el trabajo, estaba bastante cerca. Lo que me estaba tomando más tiempo era acostumbrarme a la novedad de mi trabajo: investigar crímenes. En la universidad, nuestra formación en Penal había sido bastante deficiente, así que dependía mucho del consejo de los colegas y de leer de nuevo la ley.

La Unidad de la niñez y la adolescencia víctima, de la Fiscalía de la mujer, estaba en una casa que no tenía pinta de sede de gobierno, sino de ser el hogar de una pareja de ancianos del que nos habíamos apropiado a la fuerza. Mi escritorio estaba al lado de una ventana, desde donde podía ver el pasillo central de la casa y el patio, que también se usaba como un parqueo. Imagino que en el sitio donde nos sentábamos, antes hubo una habitación. Incluso tenía un clóset en el que, cuando lo abrí, encontré bolsas con evidencias de casos de violación, entre ellas, ropa interior ensangrentada y un machete.

Mis dos compañeros de oficina, Francisco y Claudia, estaban trabajando en sus expedientes, que ordenaban para guardar en los mismos archivos metálicos que todo el Ministerio Público tiene. Olía a humedad y a papel. Peor aún dentro del clóset donde encontré el machete y la ropa ensangrentada, que creo no volvería a abrir nunca más.

Yo también me puse a ordenar y clasificar la mayor parte de los expedientes. Los separé entre los que tenían citas próximas y los que no. Los que tenían juicio y los que esperaban uno próximo. Era una forma de empezar a administrar las emergencias.

Leí todos los manuales disponibles de investigación. Me los dieron en la Secretaría de Política Criminal, que era donde se recopilaban todas las instrucciones con los criterios aplicables a la investigación. Recibí un compendio grueso con los procedimientos para levantar un cadáver, para archivar un caso, para examinar evidencia balística, para hacer un allanamiento y para investigar una violación. Ahí tenía para empezar. Me preguntaron que para qué los quería y me vi en la obligación de explicarles que era para aprender a investigar. Asumo que no me creyeron por el gesto que ambos funcionarios hicieron.

Nunca había tomado un testimonio, así que les pregunté a Francisco y Claudia cómo hacerlo y me dijeron que lanzara preguntas para responder al qué, quién, cómo, dónde y por qué. Al siguiente día fui a charlar con una psicóloga que teníamos asignada, que estaba en la habitación contigua. Le conté que era nuevo, que tenía estos casos de violación y que me interesaba saber cómo preguntar.

—Lo que tiene que hacer primero es romper el hielo, me dijo. Conversar, no hacer preguntas directas porque cualquiera se siente interpelado cuando lo interrogan y no es esa la forma de abordar a un testigo, menos a un niño. Podría tener juguetes con los que ellos interactúen y que sientan el lugar donde se entrevista más cercano y menos severo. Lo difícil es generar la confianza, pero una vez usted esté en ello, podrá conseguir un testimonio de mejor calidad.

Agradecí el dato y volví a mi oficina. El punto era a quién citar primero. Decidir entre los múltiples expedientes llenos de hojas amarillentas quién sería la primera persona que debería escuchar: ¿Al niño cuya madre encontró en el patio mientras era abusado? ¿La niña a la que sus padres quemaban con cigarrillos? ¿La adolescente que estaba viviendo con un hombre mayor? ¿Qué haría cuando los tuviera ahí enfrente? ¿Cómo preguntaría?

Si de algo estaba seguro era de que no estaba listo aún. Leía una y otra vez los manuales en el compendio que me dieron. Subrayaba, tomaba notas, hacía archivos en Excel, leía informes policiales, las denuncias escritas a máquina. Me acompañaba el ruido de las impresoras de carro que pasaban todo el día trabajando, al paso de mis compañeros citando gente sin parar.

Nunca imaginé que aquello fuera tan movido. Ni que investigar un delito ocurriera en el escritorio. Le pregunté a Claudia si no salían a investigar y me dijo que solo si era absolutamente necesario, que para probar el delito solo se requería que la víctima diera su testimonio, tanto al psicólogo como al médico forense, que con eso era suficiente para empezar un proceso.

Entendí el método. Cuando llegaba la víctima tenía que contarme un relato, una narración, una historia que nos diera las respuestas a las preguntas para saber qué pasó y quién era el responsable. Que era mejor si también reflejaba una emoción. La gente iba a contar cosas a través de mí, que sus palabras las escribiría y luego sería el portavoz de su dolor frente al juez. Me quedó claro que lo que tenía que hacer era, sin duda, narrar bien.

## 20 de abril

Llevo casi un mes ordenando expedientes y lo digo con un hastío abrumador. Los papeles son infinitos. Montañas de hojas llenas de nombres de desconocidos, fotos de pisos ensangrentados, dictámenes de psicólogos. Una y otra vez, como álbumes de la desgracia. Tengo una computadora donde voy agregando todo, en una cronología funesta, mientras siento una profunda ira hacia Marielos, la fiscal que me heredó estos casos atrasados que, como hijos huérfanos y hambrientos, ahora debo calmar a diario.

Poco a poco voy aprendiendo las rutinas y estoy seguro de que, como en cualquier trabajo, habrá un día en el que este también será un asunto mecánico. Por ejemplo, ya aprendí una: cuando un caso está listo, lo que tengo que hacer es enviarlo a mi jefa, la licenciada Zarco, aunque la situación se complica porque ella llega a la oficina un día sí y tres no. Miente diciendo que está en debate, pero todos sabemos que está en su casa descansando, aprovechándose de la escasa supervisión de nuestra jefa. Así que tenemos un par de mañanas durante la semana para presentarle las investigaciones y que apruebe o rechace nuestros resultados.

Ninguna autoridad de la Fiscalía visita esta casa vieja, salvo un desfile de víctimas que todos los días ocupan las sillas de los testigos frente a los escritorios de los fiscales. Cada fiscal es responsable del mobiliario que se le asigna, así que los niños, por ejemplo, cuando vienen a declarar sobre la manera en la que abusaron de ellos, se sientan en unas sillas que tienen mi nombre pegado con cinta de aislar en el respaldo. Ahora no tengo ningún niño citado y las dos sillas están vacías y relucientes en sus partes rotas.

Son las diez de la mañana y Francisco, mi compañero, está haciendo una infinidad de llamadas. Lleva puesto un chaleco del Ministerio Público, uno que nos hace ver como oficiales de policía listos para entrar en acción. Toma una tabla en la que agrupa unas hojas membretadas y hace anotaciones en la primera de ellas.

Al terminar de hablar por teléfono, descubre por completo mi curiosidad:

—Voy a hacer un allanamiento, ¿te querés venir con nosotros?, así vas aprendiendo.

No tenía idea de cómo se hacía tal cosa, así que acepto sin dudar.

—¿Qué necesito llevar?, pregunto.

—Pues nada, ya nos espera el carro, vamos.

Me coloco el chaleco y salimos a la calle donde un Nissan Sentra rojo, despintado, viejo y con los aros negros de las llantas oxidados, nos aguarda. Subimos. Lo conduce un muchacho, se llamaba Jairo. Adelante, junto a él, se sienta Francisco. En el asiento de atrás, a mí lado, se sube un tipo al que me presentan como Rodríguez y que es un policía asignado a la Fiscalía, aunque por su aspecto podría confundirse con un sicario: le hacían falta varios dientes que reemplazó por piezas de metal brillante. Una cicatriz en la mejilla derecha, huella de una quemada de cigarro o un balazo, terminaba de acentuar la rudeza de su aspecto. Se veía que llevaba varios días sin rasurarse.

—A dónde vamos, pregunté.

—Cerca del Cerrito del Carmen, al Barrio Moderno, a un lugar donde están prostituyendo a dos niñas. Ahorita mismo en ese bar está Claudio, nuestro agente, me dijo Francisco. Estoy esperando que me llame para confirmar que las niñas están ahí y entonces vamos a entrar.

Imaginé que Claudio estaba confundiéndose entre los parroquianos, bebiendo una cerveza también. Jairo condujo hasta los alrededores del Cerrito, y nos parqueamos en una avenida solitaria. Francisco revisaba constantemente su celular. Estaba esperando la llamada de Claudio.

En el auto, con el motor encendido, parecíamos lo que éramos: sospechosos. Estábamos en el barrio armando un alboroto solo con estar ahí. Los alrededores del Cerrito del Carmen estaban tomados por una red de narcotraficantes dedicados al menudeo. Con el narcotráfico, se multiplicaron los prostíbulos y con ellos, la compra de adolescentes como las que teníamos que rescatar.

El teléfono de Francisco sonó. Al responder solo alcanzó a decir: Ahora vamos. Así que Jairo movió el auto a toda prisa hasta la esquina, dobló a la derecha y se estacionó frente al bar. Al entrar, vi a tres comensales. A Claudio lo identifiqué de inmediato porque se incorporó justo cuando nos vio, mientras daba la orden de que nadie se moviera. El otro era un tipo joven, fornido, tenía tatuajes de pandillas, y quiso lanzarle un golpe a Claudio, quien de inmediato reaccionó tirándolo al suelo de una patada, provocando que cayera desplomado como un costal de arroz desperdiciándose sobre el piso.

Teniéndolo ahí le apuntó a la cara con una de sus dos pistolas y con la otra, al otro parroquiano. Este es un policía de puta madre, pensé. Y era como los demás policías: un tipo pequeño, un poco barrigón, que no llegaba a los treinta años, como todos nosotros, que, parado ahí con dos armas desenfundadas, neutralizando a las únicas dos amenazas del bar, parecía un héroe de acción.

Entramos y Rodríguez, el otro policía que iba con nosotros, se encargó de sentar a los dos tipos en una esquina, mientras Claudio, Francisco y yo entrevistábamos a la encargada del lugar, una señora de unos sesenta años, rubia a fuerza del tinte, con una gabacha puesta como si fuera un ama de casa más del barrio. Francisco le preguntó quiénes estaban en el bar, además de ella. Pues hay dos muchachas, dijo, pero todas tienen papeles, agregó. Vamos a verlas, tráigalas, ordenó.

Estábamos en un bar que se parecía a todos los del Centro: un conjunto de mesas y sillas plásticas, una barra de concreto fundido y una serie de botellas de licores baratos almacenadas una tras otra. Un enfriador de cervezas, una caja registradora y una patente de comercio. Al lado de la barra, una puerta llevaba a un patio central. Era una casa típica con las habitaciones alrededor del patio que, con su mediana amplitud, permitía la entrada de la luz a cada uno de los cuartos y a la vez servía de improvisado jardín y tendedero de ropa.

En la habitación más inmediata encontramos a la primera niña, y lo digo así porque si bien yo tenía veintisiete años ella, si mucho, unos quince. Era delgada, de pelo corto, castaño claro, y una sonrisa nerviosa. Nos dijo de inmediato que tenía cédula de vecindad, es decir, que era mayor de dieciocho años, y que lo podía probar.

El cuarto se componía de una cama bastante vieja y de superficie irregular por el desgaste, cubierta con unas sábanas baratas. Las paredes pintadas de un color rosa mexicano, ese vibrante y animoso color de la fiesta. Un oso de peluche que en su panza decía TE QUIERO MUCHO con un corazón rojo descansaba en un mueblecito, acompañado de otros peluches que solían venir con la Cajita Feliz de McDonald's. Ese detalle me ablandó bastante.

Buscó entre la almohada su cédula de vecindad y en efecto, nos mostró una cartilla muy parecida a la identificación que pretendía tener, pero que evidentemente era una falsificación. Vimos los números de la cédula y resultó que era de Mixco, un municipio colindante a la ciudad. Le correspondía el número dos millones setecientos mil quince. Era imposible. Ese número superaba la cantidad de habitantes registrados y lo sabía Francisco.

Le pedimos que se quedara en la habitación y seguimos con las demás, que estaban vacías, salvo la última, donde localizamos a la otra muchacha sentada en su camastro de metal, con una decoración más sobria. También nos mostró una cédula de vecindad de Mixco, con la misma numeración irreal.

La dejamos esperando en la habitación y Francisco me llamó de inmediato al patio, entre la ropa colgada de los lazos del tendedero.

—Mirá, es usual que nos presenten documentos falsos, así que tenemos varias cosas qué hacer:

podemos llamar a la Municipalidad para que nos digan si el número de cédula existe y, si es cierto, que les pertenece a estas muchachas. Lo único es que habría que anotar eso en un acta donde describiríamos que lo hicimos y que nos contestaron que sí o que no y eso va a ser nuestra evidencia.

Recordé que en los programas de crimen eran los dentistas los que calculaban la edad de los cadáveres. Entonces le pregunté a Francisco:

—¿No tenemos un odontólogo forense disponible?

—Para qué lo querés.

—Pues para ver si nos dice el rango de edad examinándoles la dentadura.

—Buena idea, me dijo, poniendo su mano en mi hombro, como satisfecho de que en mi primer allanamiento algo bueno se me había ocurrido.

Francisco llamó al departamento de Medicina Forense y preguntó si había un odontólogo, casi que disculpándose por hacer la pregunta. De inmediato dijo que lo necesitábamos en un allanamiento, que era ahí mismo en el Centro y que no iba a tardar. Entonces dio la dirección del lugar y supe que el doctor venía en camino.

Las dos muchachas permanecieron en sus habitaciones con evidente molestia, acostadas en sus camas, mirando el techo. Yo fui a la entrada y le pregunté a Rodríguez sobre los dos tipos que estaban en el bar. Son clientes, me dijo, los dejaremos ir, pero primero estoy pidiéndole a la central que me diga si no tienen órdenes de captura pendientes. En un rato me llaman.

Los dos tipos estaban sentados, mirando a la calle, con una docilidad que no tenían cuando llegamos. Parecían dos niños regañados en una esquina. La mujer que atendía el lugar estaba también mirando a la calle, sentada en un banquito que tenía junto a la caja registradora y el enfriador de cervezas.

—Cuánto más se van a tardar, señores, nos preguntó extrañada del procedimiento, ellas ya les enseñaron su cédula, cuál es el problema.

—Tenemos unas dudas que queremos aclarar, le dije, y también me senté.

Francisco se me acercó diciéndome que redactara el acta; nunca he hecho una, le confesé. Pues son iguales a las actas notariales. Esas las conocía y empecé a escribir a mano en una hoja membretada del Ministerio Público, anotando la hora de inicio, la descripción general del lugar, las identificaciones de las tres personas que hallamos y todo lo que habíamos hecho desde que entramos.

Más tarde, Francisco me dijo que entrevistara a una de las muchachas y que él se iba a encargar de la otra. Me tocó la más joven, así que entré a su habitación y mientras ella estaba en la cama, me senté en una silla en la otra esquina.

—¿Tienes familia?, pregunté.

—No en la capital, vengo de fuera, mi familia me echó de la casa, tuve que buscar trabajo, eso no es delito digo yo, acá me tratan bien.

—Pero tienes como catorce años, ¿no deberías estar haciendo otra cosa mejor?

—¿Otra cosa mejor como qué?

La verdad, no supe qué decirle, era obvio que no podía estudiar. Cambié de tema y pregunté por los dueños del bar, sin que me diera más respuestas.

Unos cuarenta y cinco minutos más tarde llegó el odontólogo forense. El doctor Prera era el único en toda la sección, así que tardó bastante en llegar porque dijo estar ocupado en tareas administrativas.

—Bueno, doctor, la idea es que usted revise a dos personas para determinar su edad. Venga conmigo, le pedí, y fuimos a la habitación de la primera. Ella es una de las pacientes, doctor, así que hablé con la muchacha y le dije que si nos permitía verle los dientes porque era la rutina. Ella aceptó.

El doctor Prera la revisó y luego fuimos a por la otra muchacha, quien también permitió que le revisaran la dentadura. Ambas permanecieron en sus habitaciones después del examen y el médico nos llamó al patio.

—La primera tiene entre doce y catorce años y la segunda entre dieciséis y diecisiete, dijo. Qué más necesitan, preguntó.

—Que lo ponga por escrito en un informe, mi doctor, respondí.

—Bueno, voy a tardar un poco porque me toca ir a la oficina e imprimir.

—Y qué tal si me lo declara, levanto un acta y esto lo usamos mientras tanto.

Le tomé la declaración y redacté el acta. Teníamos cómo probar que eran menores de dieciocho años, por lo tanto, debíamos enviarlas a un hogar de protección y detener a la encargada.

Así lo hicimos. Empezamos todo el proceso para que llegaran de la Procuraduría General de la Nación a traer a las adolescentes y luego notificarle la detención a la encargada que ya asumía que así iba a tocarle esa tarde, porque estaba guardándolo todo. A mí me engañaron, decía una y otra vez. Tenían su cédula. ¿Yo qué iba a saber?

Más tarde llegó una abogada que trabajaba para la Procuraduría que entró al lugar con una seguridad que dejaba ver que no era su primer caso en esos lugares. Habló con ambas muchachas quienes, luego de empacar sus cosas, subieron al auto de la Procuraduría rumbo al Juzgado de Protección.

Nosotros íbamos a la Torre de Tribunales para llevar a la detenida ante el juez. Era ya entrada la tarde y estaba a punto de oscurecer. Las campanas de la ermita del Cerro del Carmen empezaron a redoblar. Es la hora de misa, pensé. Tomamos una cinta amarilla adhesiva que decía MINISTERIO PÚBLICO EVIDENCIA y la pusimos en la entrada para cerciorarnos de que nadie pudiera entrar al local. Teníamos de testigos a todos los vecinos que habían salido a la calle a husmear, entre niños jugando a la pelota y hombres que estaban bebiendo cerveza en abarroterías con mesas diminutas en su interior.

—Voy al juzgado, te vamos a dejar a la oficina, me dijo Francisco, ándate a tu casa a descansar.

La audiencia de primera declaración donde presentaríamos al juez las evidencias que habíamos recogido en el lugar, incluida la declaración del médico que era contundente, junto a la numeración de la cédula que era irreal, serían ya tarea de Francisco.

Jairo, el piloto, me llevó a la oficina y luego se fueron al juzgado de turno. Yo entré a cambiarme el chaleco del Ministerio Público por mi saco. No había nadie ya. Eran cerca de las siete y media de la noche. Me subí al auto y tomé rumbo a la Calle Martí, para volver donde hicimos el allanamiento y luego doblar un poco más adelante hacia la avenida que me llevaba a casa. Era un día con el tráfico a tope, la gente llenando las aceras como hormigas laboriosas y la noche cayendo plena sobre la ciudad. Puse la radio y me dieron ganas de fumar.

Cuando llegué a casa, Lucía estaba con Joaquín sentada en el sillón viendo el televisor.

—Cómo te fue, preguntó dulcemente.

—Bien, hice un allanamiento, contesté, pero Lucía parecía interesada en la película que miraba y no dijo nada más. Entendí que estaba cansada.

Salí al patio. Me senté en una grada que daba al jardín trasero y vi hacia dentro. Había una tranquilidad plena. Todo parecía bien, el pasto reverdecía y la hiedra tomaba por completo la pared. Pero algo se me había revelado: otra ciudad, otra cara de la gente. Pensé en que, si los tipos del bar hubieran estado armados y disparado, probablemente no habría regresado a casa. Que si salimos vivos es porque Claudio, el policía, los detuvo antes de que intentaran cualquier cosa estúpida.

También pensé en las niñas, sobre todo en la más joven. Entre doce y catorce años, prostituyéndola en un cuarto rosa vibrante, lleno de juguetes, y un camastro de metal que sonaba con cada movimiento. Probablemente ese día el par de tipos que estaban ahí ya se habían acostado con ella o estaban por hacerlo. Probablemente, pensé, y recordé el repique de las campanas de la ermita que redoblaban cuando salíamos del lugar. Ahora la noche era silencio, salvo por el leve sonido que emitía el televisor en la sala, mientras Lucía adormitaba a nuestro hijo.

Otra vez estaba ahí el vacío, otra vez el asco, otra vez la tristeza y la imagen de dos niñas llegando a un hogar de protección, que no era otra cosa que una cárcel hacinada donde podría ser posible que también las abusaran. Esa era nuestra versión de la justicia. Esa era la rutina. El trabajo al que me tendría que acostumbrar. Lucía llegó y me acarició la cabeza preguntándome si iba a cenar. Claro, dije, y decidí fingir que era un día normal.

## 14 de mayo

Domingo por la mañana, debían ser casi las ocho cuando Joaquín despertó. Fui a cambiarlo, a darle de comer y se durmió. Me entretuve viendo sus manos pequeñas con sus dedos diminutos que se aferran a las mías mientras le doy el biberón o cuando lo cargo para llevarlo con Lucía para que lo alimente.

Ahora todo es silencio y ella duerme plácidamente, extendida por toda la cama. Decido meterme entre sus brazos y volver a dormir. Sintió mi calor y me devolvió el abrazo. Dormimos un buen rato más, hasta que Joaquín despertó.

—Esta vez te toca, le dije, acomodándome entre las sábanas.

—Está bien, dijo arrastrando las palabras, sin que la convenciera del todo de que se levantara y lo atendiera.

Me acerqué a la ventana, era un día fresco, como para salir a caminar por el parque cercano. Lucía volvió a la cama. Le besé la frente y le agradecí que haya ido con Joaquín.

—Vas a tener que hacer doble turno, me dijo, y sonrió.

—Por qué mejor no voy a hacer café.

—Me parece una excelente idea, vamos, Gonzalo, hazme café, me suplica con una voz adormitada.

Me levanto y bajo las gradas en silencio hasta llegar a la cocina y pongo el café. El aroma empezó a

39

tomar todo el primer piso de nuestra casa, que ahora parece el lugar más pacífico y seguro del mundo.

Me senté en la mesa, mirando el jardín de atrás, esperando el café. Todo está en paz pero hay algo que me viene a la mente, las dos niñas que sacamos del bar, el niño violado por su padrastro en el patio de su casa, las sillas de la oficina con los pequeños llantos de criatura adolorida, la cara angustiada de los papás, como si me naciera una noche que era incapaz de detener.

El café estaba listo y serví dos tazas que subí de inmediato a la cama. Lucía se acomodó para tomarse la suya y prendimos el televisor. Pasaban una película que insistió que viéramos porque le daba mucha risa y en efecto, soltaba carcajadas mientras yo miraba perdido sin pensar en nada en particular.

—¿Estás bien?, me preguntó, tenés cara de pena.

—Pues sí. Estoy bien, solo tal vez quería dormir más.

—Pues duerme.

Me acarició la cabeza como si fuera un niño al que cuidaba. Volteé hacia la ventana y el cielo seguía impecablemente azul. Una bandada de pájaros negros lo surcaba como si fuera un cardumen de peces en un mar profundo. Se oían risas de niños jugando afuera, también el ruido del agua corriendo por una manguera de algún vecino regando su jardín.

Todo parecía en armonía, menos yo, que sentía que todo aquello algo tenía de falso y que detrás, en cada puerta de estas casas bonitas, estaba escondido algún horror. Eso era: estaba viendo la cara oculta de esta ciudad y no podía quitarle la vista. No sabía cómo. No podía. Aunque de vez en cuando me entretenía en las caricias con Lucía, que seguía riendo con la tv.

## 25 de julio

Era nuevo en esto de las audiencias, así que iba nervioso. Para llegar a la Torre en donde funcionaban los juzgados teníamos que llamar a un piloto de la oficina que hacía rondas por todos los edificios trayendo fiscales. Pilotaba un microbús en el que cabían unas quince personas, pero siempre terminábamos yéndonos cerca de veinte, muy apretados. Íbamos lento, de calle en calle, como con una pereza burocrática que le afectaba el acelerador.

Casi todos los pilotos eran señores mayores, bastante canosos, gordos, que se tenían que acomodar constantemente en el sillón porque les dolía la espalda de manejar todo el día. Sintonizaban emisoras de noticias o de música del recuerdo y uno llegaba a enfrentar violadores después de oír a Rocío Dúrcal cantar *Amor eterno* todo el trayecto.

A veces pensaba en que, si nos querían hacer algo, un atentado por poner un ejemplo, disparándole al bus sería muy fácil. Quizá no era el único en darme cuenta. José María, un fiscal de unos treinta años, alto y delgado, también. Lo adiviné porque mientras recorríamos las calles del Centro llevaba a mano una pistola con la que, decían, hace un par de años había detenido un asalto que vio desde el bus de los fiscales. Así eran los viajes a tribunales y este había sido más o menos de esa misma manera. Llegamos a la Torre, un edificio de los cincuentas que forma parte del Centro

Cívico, un proyecto arquitectónico que fue encargado a artistas plásticos. A lo mejor eso explicaba su disfuncionalidad: edificios interesantes por fuera, pero totalmente inhabitables por dentro.

Los juzgados estaban hacinados en una torre de vidrios oscurecidos que dejaban entrar poca luz. Las lámparas viejas y sucias que iluminaban el interior apenas alcanzaban para dar la sensación de un día que nunca terminaba de amanecer. Con el tiempo transformaron el interior de cada planta dando como resultado elaborados laberintos que eran, cada uno, una sede judicial. Había siempre mucha gente dentro recorriendo los quince pisos del edificio. La mayoría eran guardias penitenciarios, abogados y reos que subían y bajaban por elevadores o por el foso de las gradas con las esposas puestas y las manos hacia atrás.

Una vez, hubo un apagón. Iba subiendo las gradas y, de pronto, se volvieron profundamente oscuras. Algunos policías sacaron sus teléfonos, que tenían incorporadas linternas, y empezaron a alumbrar. Entre la oscuridad, dos cosas eran notables: las risas y el ruido de las cadenas de los grilletes que llevaban los presos.

Como tenía unos minutos, me senté en una silla afuera del juzgado esperando a que nos llamaran. El detenido del caso no había llegado aún, pero seguro lo iban a subir pronto desde las carceletas del sótano a donde llevaban a encerrar a los detenidos mientras les tocaba su turno con el juez.

Al igual que en mi oficina, en los juzgados se veían colecciones de hojas envejeciendo apiladas. Archivos metálicos negros y beige. Cortinas de casa de abuela tapando la escasa luz que entraba. Ventiladores llenos de polvo soplando el viento mientras oscilaban irregularmente, casi temblando del miedo o la vejez.

Me puse a leer una y otra vez la historia del caso: Un martes un niño de ocho años estaba jugando a los bolos junto a sus amigos. El cajero del boliche se percató de que un solo adulto los vigilaba. Esperó a que uno de los niños fuera al baño, entró tras él y usó su llave para bloquear la puerta. Lo tomó por la fuerza y lo violó, ahí adentro. Le dijo que si contaba algo lo iba a matar a él y a toda su familia. El niño salió del baño, se unió a los otros niños y no dijo nada. Se sentó a mirar el juego. Nadie se dio cuenta de que algo le había pasado hasta que llegó a casa y sus padres lo notaron raro; le preguntaron si estaba bien y se quebró, contando la historia.

Los padres fueron a la fiscalía a presentar la denuncia, el niño relató todo; luego, la oficina de recepción de denuncias los envió con el auxiliar fiscal que estaba de turno y el niño contó de nuevo la historia. Lo llevaron con el psicólogo y con el médico forense y repitió lo sucedido al tiempo que lo examinaron. En conclusión, teníamos un testimonio bastante claro de cómo ocurrieron las cosas, la prueba del daño físico, del daño psicológico, la identificación del sospechoso.

Ese breve legajo que tenía en mis manos cuenta la historia de la devastación, y lo sigo repasando mientras espero a que suban al detenido, que finalmente está ahí, frente a mí, sin saber que fui yo quien pidió su aprehensión. Tendrá unos veintitrés años, pelo engominado peinado hacia atrás, todavía viste el uniforme del boliche donde trabaja, porque ahí lo fueron a capturar. Es delgado y parece un tipo común, incluso hasta incapaz de cualquier acto violento. Mira para todas partes, como esperando que le reprochen lo que hizo. Le acompaña una mujer que parece ser su madre, que le habla con mucho cariño y se sientan a esperar en otra silla afuera del juzgado mientras los custodios permanecen de pie.

Nos llamaron a la audiencia. He estado practicando gracias a que Francisco y Claudia me han permitido acompañarlos cuando han tenido alguna. Ambos han sido bastante generosos con mi inexperiencia. Me ocurre algo que no me había pasado: tengo una rabia insolente creciéndome en silencio, mientras observo al violador sin que lo note. Estamos en una habitación pequeña, sucia, mal acomodada, armada con muebles viejos y dispares en la que finalmente entra el juez, un abogado con una corbata muy gastada. Sobre su escritorio hay una estatua de madera que representa la Justicia y un mazo que se ve que jamás usa por el polvo que tiene en su base.

Nos pusimos de pie a la entrada de su señoría. En un escritorio estoy yo solo con mi legajo de pruebas; en otro frente a mí, el detenido, su abogado y unos papeles que le servirán para probar que es un buen ciudadano y que no merece ir a prisión. Todo está por decidirse, menos mi rabia que, aunque no la dejo ser protagonista, está enraizándose profundamente, en silencio, como una hiedra incontrolable, casi una plaga que me toma, hasta que finalmente escucho que el juez reconoce que es necesario abrir una investigación y que debe irse a prisión preventiva por abusos deshonestos, porque el Código Penal guatemalteco no reconoce la violación de un niño como tal.

El hombre se sentó mirando el vacío mientras yo guardaba todo en mi mochila para volver a la fiscalía. Imaginaba qué iría a pasar con el tipo ahora en prisión. Según me contaban Francisco y Claudia, cuando los otros presos se enteraban de que llegaba un violador de niños, lo recibían con una paliza que se iba a volver una constante mientras durara su encarcelamiento. A veces también los violaban.

Aquello me parecía una buena opción para sacudirme la rabia. Y tenía claro que aquella era mi parte más animal manifestándose. Al final todos terminamos siendo presos de este juego.

Para llegar a Comala, doble por acá

## 8 de agosto del 2006

Lucía aún no está yendo a la oficina, así que pasa la mayor parte del día cuidando a Joaquín. Esta tarde los llevé a la clínica del pediatra, el doctor Avendaño. Está en un edificio ocupado solo por doctores, en un sexto nivel. Uno llega al lugar y de inmediato sabe que se trata de un pediatra: las paredes están pintadas con murales de animales pasándosela bien en campos abiertos y verdes, con soles brillantes y flores inmensas. El piso está forrado de este material suave y absorbente, multicolor, en el que los niños se pueden echar cómodamente sin que se lastimen con la dureza del piso. Todo el suelo está lleno de juguetes que van dejando sueltos y que pueden tomar de las cajas al lado de las sillas de espera.

Varios televisores tienen sintonizados canales infantiles que pasan sin parar animaciones que entretienen a los que no quieren jugar. Algunos padres parecen conocerse entre sí, menos nosotros, que no conocemos a nadie y tenemos un bebé pequeño al que debemos cargar. Hay gritos y música con un volumen que impide charlar, así que Lucía y yo nos quedamos viendo el televisor sin poner atención, solo escondiendo en esa posición nuestro inmenso cansancio.

Joaquín despierta cada dos horas en la noche y eso hace que no tengamos nunca un descanso largo. Cada uno se levanta a atenderlo, turnándonos. A veces me duermo de inmediato, luego de oírlo llorar o ir a atenderlo. Otras, me quedo mirando el techo pensando en cualquier cosa. Lucía está apenas recuperándose de todo. Por las tardes practica zumba, me contó, y la imaginé bailando en la sala frente al televisor antes de que yo vuelva de la oficina de hacer cosas mucho menos divertidas que aprender a moverme para adelgazar.

Ahora mismo, parece tener mucho sueño. A veces, mientras me aburro de ver la misma historia en la televisión, la veo y me parece otro rostro. Ser madre es agotador, no lo dudo. Ojalá pudiera haber tomado un tiempo adicional para quedarme en casa con ella. En la oficina me deben varios meses de vacaciones, pero en el estado en el que están los casos que heredé es imposible que salga a descansar ahora mismo. Así que me conformo con el fabuloso horario normal: de ocho de la mañana a cuatro de la tarde. Con suerte, estando tan cerca, cuando salgo de la oficina llego a casa a las cuatro y treinta. Todavía encuentro un sol espléndido. Y así, como hoy, pude llegar a traer a Lucía y a Joaquín para venir a donde el médico, que finalmente nos hace pasar.

El doctor revisó a Joaquín, lo midió, lo pesó, le movió las piernas y los brazos para chequear su motricidad. Controló el estado de la circuncisión que él también le practicó hacía unos meses. Nos preguntó sobre su alimentación, si dormía bien, si lo dejamos llorar de vez en cuando, si Lucía está produciendo leche. A veces respondo yo, otras Lucía y parece que aprobamos el examen de padres ante el doctor. Joaquín es un niño sano, que está creciendo a un ritmo normal. Cada vez va a ir durmiendo más, nos dice el pediatra, y yo lo deseé con todo mi corazón.

Ocasionalmente, llego a la oficina sin haber dormido nada. Me pongo a leer los expedientes y a las diez de la mañana estoy a punto de dormirme. De no ser porque Francisco y Claudia tienen gente citada, yo me dormiría a diario. A veces, cuando estoy muy cansado, me escapo de la oficina para encerrarme en mi auto y, aprovechando que tiene los vidrios oscurecidos con el polarizado negro profundo, recuesto el sillón y estiro las piernas para dormirme un momento. Quince minutos bastan para sentirme otra vez renovado.

Cómo cambia la vida. Antes salíamos con Lucía con cierta frecuencia. Nos daba mucho placer ir a beber juntos. Me encantaba verla vestida para salir y estar en un bar pasándola bien con los amigos hasta emborracharnos y volver a casa a matarnos con tanto deseo y desvestirla en la sala, en el comedor, en el dormitorio, donde se nos ocurriera. Quedarnos dormidos en una nube de embriaguez y placer. Despertar a las tres de la madrugada desnudos y arroparnos para que la mañana nos encontrara vencidos y renovados, con todas las ganas del mundo.

Qué lejos estaba eso ahora mismo: con los niños jugando a gritar y llorar en la consulta, con el olor a medicina en la clínica, con la música de las caricaturas en el televisor. Los elefantes regordetes mirándome desde la pared, Lucía adormitada en la silla de espera cuando pago la consulta mientras cargo a Joaquín.

Todo cambió; nuestras noches son ahora prepararnos de cenar lo que tengamos a la mano, buscar alguna película, cambiar pañales, lavar biberones, hervir cosas, dormir entre ratos, estar cansados siempre.

A veces quisiera ir con el médico y pedir que me hagan la vasectomía. Estoy seguro de que no quiero otro hijo. Y no es porque no quiera a Joaquín. Al contrario, lo adoro. Llora y me siento cansado, pero cuando lo veo y percibo su inmensa necesidad de mí, me llena una sensación que debe ser algo más profundo que el amor. Pero vivo haciendo equilibrio entre ese sentimiento y el horror. Tengo todo para ser feliz en casa, pero voy al trabajo y pierdo la alegría. Lo que no pierdo es el interés, el hambre, el olfato llamándome a seguir.

Cuánto me llama la desgracia. Soy de los que no puede dejar de ver la sangre en el accidente. A menudo me pregunto si no es un asunto de la religión: me educaron en un colegio católico y tal parece que estoy aceptando la misión, mi cruz. Es eso y a la vez no, lo sé. Por otra parte, hay una enorme sensación de victoria cuando logramos que un caso se resuelva y que el responsable pague por los crímenes que cometió. O saber que libramos a una niña de su agresor.

Es complicado. Salimos de la clínica ubicada en la Zona 15 de la ciudad, y Lucía me pregunta si tengo hambre, si pasamos a cenar por ahí o al menos, compramos algo para llevar. Pago el parqueo: me costó casi la mitad de lo que pagué por la consulta. Vaya robo. Nuestro presupuesto de salidas se redujo considerablemente con lo que toca hacer cuando uno tiene un hijo pequeño. Casi todo se va en leche y pañales, en citas médicas, en ropa nueva, en muebles que nos hacían falta, en utensilios para dar de comer. Así que pasamos a un McDonald's. Decidimos bajar y sentarnos en el área de niños, por si Joaquín empezaba a llorar. Estaba calmado, dormido en su carruaje, el auto lo solía relajar profundamente.

Los niños alrededor jugaban en la resbaladilla y el laberinto de plástico que está dispuesto para que se pierdan en él, mientras nosotros, los padres, pasamos el rato, todos con la misma cara de cansancio.

—Esto parece una especie de comunidad, le digo a Lucía, míranos acá, todos jóvenes y sin ganas, comiendo hamburguesitas, es lo que hay.

—No me va a ayudar a bajar de peso, me dice, pero qué le vamos a hacer.

—Cuándo vas a volver a la oficina, pregunto.

—Me dijeron que regrese el otro mes. Así que ahí estaré otra vez, en el banco. ¿Vamos a dejar a Joaquín con tu abuela y tus tías?

—Sí, ellas insistieron y la verdad nos hacen un enorme favor.

Tomo la mano de Lucía, terminamos de comer, entrelazo mis dedos con los suyos y nos recostamos en la mesa como dos adolescentes a la hora del recreo. Somos otros, no los mismos que empezamos en un apartamentito con una mesa y una cama como único patrimonio. Ahora hay tantas cosas en qué pensar. Y también qué decir. Como, por ejemplo, que esta mano que hoy sostengo en la mesa del área de niños de McDonald's en realidad me está sosteniendo a mí frente a un enorme abismo. Uno del que nadie sabe su profundidad. Dios sabe cuántas ganas de lanzarme tengo. Pero me sostengo de su inmensa dulzura con la que, en tiempos agrestes y áridos, es capaz aún de darme cariño y no dejar que pierda de vista esta otra cara de la ciudad, donde el amor es posible.

# 10 de agosto

Tenía sobre la mesa un expediente que me estaba requiriendo más atención de la usual. La agresión había ocurrido sobre una niña, en su casa; su hermano era el responsable. La madre se enteró porque encontró sangre en su ropa interior. El hermano tendría unos diecinueve años y la niña unos diez. Vivían en el Barrio el Gallito, un sitio duro de la ciudad en el que no entraba la policía sin que hubiera una balacera como consecuencia.

La madre le reclamó al hijo y este decidió huir. No lo habían visto desde hacía meses, así que no tenían idea de dónde podía estar. Se lo consulté a Francisco y me dijo que debería hablar con Mynor, otro auxiliar fiscal de la Unidad que tenía su oficina a dos puertas de la mía. A veces lo pasaba saludando por la ventana y me parecía un buen tipo. Usualmente andaba sonriente. Me suele preguntar cómo me está yendo. Asumía que era un auxiliar más que con el tiempo había aprendido a llevar mejor que yo las cosas que veíamos en la oficina.

Por qué debería hablar con Mynor, le pregunté a Francisco.

—Aquel es el especialista en esos casos, me dijo. Tenía uno, era una violación. Las víctimas fueron dos chavas que vendían cosméticos de puerta en puerta en Azacualpilla, una aldea de Palencia. Tomaron el bus local, una furgoneta de esas viejas que llevan pasajeros de la carretera hacia la aldea. Para su mala suerte se subieron a una en la que el piloto y el ayudante eran unos criminales. El bus se fue vaciando en el camino y como ellas no conocían bien, tomaron un desvío hacia un campo baldío. Ahí el ayudante sacó un cuchillo y las amenazó. Les ordenó que se desnudaran; entonces el piloto del bus las violó primero y luego el ayudante. Una vez que las violaron decidieron acuchillarlas. 16 puñaladas a una y 38 a la otra. La de 16 se murió ahí mismo; la otra quedó viva y se arrastró hasta la carretera donde pidió ayuda. Alguien la encontró y llamó a los bomberos. El caso le tocó a Mynor. Le hizo todas las pruebas a la muchacha y luego tenía que identificar a los dos tipos. La muchacha había oído que el ayudante le decía al piloto *Chicote*. Así que era un dato para empezar. Mandó unos policías a Azacualpilla, pero es una aldea pequeña y todos sabían que eran policías, así que nadie habló. Después los policías averiguaron que todos los pilotos y ayudantes de los buses de la aldea jugaban en una liga de fútbol los domingos en Palencia. Así que a Mynor se le ocurrió formar un equipo y llegar a inscribirse para jugar un partido. Quería hacer dos cosas: ver a los jugadores en vivo y a la vez sacarles una copia a los libros de inscripción de jugadores, porque se enteró de que tenían que gestionar un carné en el que iba pegada una foto. Fueron un domingo a jugar el partido de fútbol, iban Alex, Jairo el piloto, los policías, casi todos los auxiliares de la Unidad y otros de la Fiscalía de la mujer. La víctima nos hizo un retrato hablado de los violadores, pero era muy ambigua la descripción. Querían ver al Chicote y apareció. Era el defensa izquierdo de uno de los equipos. Oímos cuando estaba jugando y le decían "Chicote, pasála, Chicote". Entonces teníamos a uno marcado. Faltaba el otro. Asumimos que estaba en ese equipo así que hablamos con el dueño de la liga y le dijimos que le íbamos a sacar unas fotos al libro de registro para que no nos fueran a meter otros jugadores que no estaban inscritos. Nos dejó. Mynor trajo las fotos y se las enseñó a la víctima y logró reconocer al ayudante y al Chicote. Ahora ya teníamos los nombres. A los dos días, los aprehendió. Por eso te digo: si querés hallar a alguien, hablá con Mynor Sánchez. Él te va a ayudar.

—¿Y qué pasó con el Chicote?, pregunté.

—Se quedó detenido, acaba de ser el debate, los sentenciaron a los dos. Pero la audiencia estuvo complicada: el Chicote sacó un cuchillo ahí mismo y dijo que se iba a suicidar. Que si lo sentenciaban se mataba. Así amenazaba a los jueces. El cuchillo estaba todo oxidado. Seguro si no se moría del corte, se moría del tétanos. Amenazó como unos tres minutos con la misma vaina, hasta que se puso a llorar y su propio abogado le arrebató el cuchillo. Diez años le dieron. Hasta donde sé todavía no se ha matado.

—¿Y la víctima?, le pregunté a Francisco.

—Ah, eso sí no sé.

## 11 de agosto

Hablé con Mynor, siguiendo la recomendación de Francisco, y me dijo que me iba a ayudar a buscar al tipo. Le dije que me había contado la historia del Chicote y se rio. Ya no juego fútbol, me adelantó. Estoy en temporada de descanso.

¿El tipo trabaja?, preguntó. No hasta donde yo sé, vende droga con el cartel del Gallito. Eso me dijo la mamá. De ahí tengo el nombre completo y la foto, pero nada más. Hablemos con Claudio, él nos va a ayudar. Es el mismo policía que había hecho el allanamiento con Francisco en el Cerrito del Carmen. Ese Claudio conoce gente. Dame un momento lo voy a llamar.

Mynor tomó el teléfono y llamó a Claudio, le pidió que viniera. En media hora está acá, me dijo. Vamos a ver qué pueden hacer. Así que esperemos. ¿Cómo te está yendo?, me preguntó. Pues me adapto, en eso estoy. Tengo un hijo de cinco meses y me está costando dormir.

Esa etapa es difícil, yo tengo una de ocho meses. Ah, también sos papá. Sí, me acabo de estrenar. Me casé el año pasado, por eso ya no juego fútbol, dijo, riéndose.

Charlamos un rato y apareció Claudio vestido con una camisa blanca ajada y unos pantalones oscuros. Tenía una indudable cara de policía, así como el característico corte de pelo y la mirada que indagaba con profundidad. La actitud le delataba antes de hablar y, cuando lo hacía, preguntaba, nunca daba información propia.

Iba acompañado de otro policía, a quien me presentó como Reynaldo, *Chorro de humo* para los compañeros, dijo, y todos se empezaron a reír. Chorro de humo era un tipo panzón y bastante moreno.

—Tengo un caso que necesita de su ayuda, le dije a Claudio, es un violador que vivía ahí en el Gallito, pero que le perdimos el rastro.

—Violadores yo si no detengo, solo vemos casos de trata de personas, prostitución, me adelantó. Pero mire pues, tengo un amigo ahí en capturas que nos puede ayudar. Déjeme los datos y voy a ver qué le averiguo.

Anotó los datos del violador en su agenda café de hojas desgastadas y llenas de apuntes en una letra imposible de entender. Le saqué unas copias de la identificación del sujeto donde iba su foto. Las metió en la agenda y me dijo que en unos días me iba a llamar. Le di mi número de teléfono. Él me dio el suyo también. Ahí lo llamo, me dijo, y se despidieron con Chorro de humo.

—Querés ir a almorzar, me preguntó Mynor.

—¿Ya es hora?, respondí asombrado, ¿a dónde vas a comer?

—Pues vamos siempre a la vuelta de la fiscalía, hay una señora que cocina en su casa y nos deja estar en su comedor, usar su sala. Los almuerzos son baratos y buenos. Venite.

Caminamos. Parecía que iba a llover. El mercado de al lado estaba lleno de gente comprando contrabando de México. Enormes cajas de cereal, detergente, galletas y dulces, recipientes gigantes de mayonesa, mostaza y kétchup. También había pañales y leche.

—No los vayás a comprar ahí, me dijo Mynor, los compré una vez y resultaron malísimos. Mejor en la farmacia, tengo un lugar que los venden baratos, por si querés.

Avanzamos hacia la esquina de la 2ª Calle y doblamos hacia el oeste. A cinco casas de ahí, Mynor tocó insistentemente a un portón metálico negro. Doña Lili, le traigo otro comensal, dijo. Una señora mayor abrió la puerta y nos dejó entrar: en efecto, ahí estaban Francisco, Claudia, otros auxiliares de la Unidad y los policías en el comedor de la casa, y otros sentados viendo las noticias en la sala.

Teníamos dispuestos para nosotros dos grandes ambientes: el comedor, con una mesa de madera clara y seis sillas con una especie de malla en el respaldo. El tablero tenía un mantel de flores rojas cubierto por un plástico enorme. Y la sala, formada por tres sillones verdes bastante desgastados ordenados frente a un televisor en un mueble con algunas fotos de niños, que desde ya asumí que eran los nietos de doña Lili. Olía a bistec encebollado, como todos los comedores del Centro.

La comida consistía en un plato de carne y arroz, con ensalada de pepino, cebolla y tomate. Sirvieron una limonada un poco dulce y tortillas. En las noticias daban un informe de UNICEF según el cual Centroamérica se había convertido en una zona de alto riesgo en cuanto a trata de personas, y que cada vez se detectaba más prostitución infantil.

—¿Te gusta viajar?, me preguntó Mynor.

—Pues más de lo que puedo pagar.

—No te preocupés, esta vez te lo va a pagar la Fiscalía. Cuando esos informes se publican siempre nos mandan a allanar prostíbulos en las fronteras. Seguro nos va a tocar. Vamos a pasar dos o tres días fuera. Tenemos un contingente de policías con nosotros. Hasta el ejército nos acompaña. Hacemos lo de siempre: detenemos gente, rescatamos migrantes, patojas, cerramos el lugar y dos días después ya están abiertos de nuevo con otros migrantes, otras chavas y otros encargados que van a estar en los mismos bares que cerramos. Solo pensá en la línea del tren: llena de prostíbulos, la gente haciendo cola afuera de cada cuarto antes de echarse un palo. Y enfrente, la Dirección General de la Policía Nacional Civil. ¿Qué te dice eso? Si los mismos policías van ahí, ¿cierto o no, Rodríguez?, dijo Mynor en voz alta.

Rodríguez estaba sentado en el sillón mirando en silencio la televisión, casi como una sombra de la casa de doña Lili.

—No sé, licenciado, al menos yo no, contestó, a secas.

—Ojalá, repuso Mynor, y me miró sonriendo mientras terminaba de comer. Ojalá.

## 21 de agosto

Son las tres con treinta de la madrugada. Mynor tenía razón: nos enviaron a Malacatán a allanar los prostíbulos del lugar. El informe de UNICEF hizo que la Policía fuera a investigar, Claudio había pasado una semana ahí. Nos trajeron recién los informes y se organizó el espectáculo para hoy. Lucía y Joaquín duermen. Trato de no hacer ruido mientras saco la maleta en la que llevo poca ropa, desodorante y lo que necesito para los allanamientos: cinta adhesiva con la leyenda EVIDENCIA, hojas membretadas, un sello de auxiliar fiscal, una almohadilla para entintar los sellos o los dedos de los testigos que deben firmar un acta y no saben escribir, para que podamos hacerles impresiones dactilares.

Espero en la sala de mi casa a que Mynor llegue por mí, porque vive a un par de kilómetros, así que se llevó un auto de la fiscalía, un picop Nissan verde de doble cabina que parecía un vehículo militar, en el que me llega a traer cerca de las cuatro de la mañana. Veo la luz entrando por la ventana y de inmediato alisto las cosas y salgo al jardín para que me vea. Detiene el auto, acomodo la maleta en la palangana y subo. Vamos primero a la fiscalía, donde están los otros auxiliares, me dice al subir.

Llegamos, todos tienen una cara de cansancio profundo. Entiendo que nadie durmió. Francisco está en otro auto con Claudia, ellos viven en la misma colonia así que, al igual que nosotros, usaron el mismo auto. Entramos a la oficina a esperar instrucciones mientras nos vamos dispersando por el patio de la fiscalía. Los allanamientos están a cargo de Nebira, otra auxiliar que está en la agencia fiscal de Mynor. Tiene en sus manos un montón de fólderes amarillos que contienen direcciones, fotos, informes de la Policía en los que se señalan bares de Malacatán que presentan toda clase de irregularidades: desde adolescentes, pasando por drogas, armas, pandilleros con órdenes de aprehensión.

El patio está oscuro así que apenas puedo leer el contenido de los informes que me da. A cada equipo le toca un bar, vamos a estar tres días en Malacatán. Volvemos el miércoles. Hoy llegaremos a tramitar las órdenes de allanamiento en el juzgado de primera instancia, después buscaremos un hotel, no sabemos cuál, y luego nos repartiremos en grupos para entrar mañana a los bares.

—Regresaremos el miércoles después de proceder, dice Nebira, al tiempo que nos reparte unas hojas para cobrar doscientos quince quetzales de viáticos diarios que incluyen el desayuno, el almuerzo, la cena y el alojamiento.

—Con esos viáticos me imagino que vamos a tener piscina en el hotel, le digo a Mynor, que sonríe brevemente mientras se concentra en leer los informes para checar que todo esté bien.

—La hora de salida es a las cinco de la mañana, jóvenes, grita Nebira, y empezamos a movernos, unos se dirigen hacia las oficinas a traer las cosas, y otros a la cocineta a prepararse una taza de café instantáneo.

—¿Nos vamos?, me pregunta Mynor, más en tono de orden que de consulta. Subimos al auto, que está lleno de combustible y tiene una radio AM/FM que será la única forma de entretención durante las próximas seis horas de camino.

—Podemos turnarnos para manejar, si te parece bien la idea, me dice Mynor.

—Por supuesto, me gusta manejar en carretera. ¿Vas primero o voy yo?

—Voy yo, responde, y toma el volante.

En vista de eso, me acomodo para dormirme. Tomamos el Periférico y luego la Aguilar Batres, esa larga avenida de salida hacia el sur del país. Mynor sintonizó una emisora tropical. Eran las cinco con veinte de la mañana. El tráfico empezaba a aumentar en dirección hacia la ciudad. Motos, autos, buses escolares, todos en una fila enorme que era infinita. Los restaurantes empezaban a abrir, las estaciones de buses tenían grupos de gente alrededor de las vendedoras de comida que sacaban platos de sus canastos humeantes, iluminados por la luz naranja aún encendida de los postes.

Recosté el sillón y cerré los ojos. Pensaba en Lucía y Joaquín, que estarían por levantarse en una hora. Le envié un mensaje de texto a Lucía: "Saliendo de la ciudad, espero que todo esté bien, te cuento cuando llegue. Te quiero" y me dormí. Desperté una hora y media después, en la carretera. Mynor anunció que nos detendríamos a desayunar en un restaurante al lado de una gasolinera. Bajamos del auto, me estiré un poco y entré.

—¿Y los otros?, le pregunté a Mynor.

—No sé, manejan muy despacio.

Una mesera se acercó y nos ofreció los menús. Yo pedí unos huevos revueltos y frijoles, Mynor también. Nos sirvieron café y me sentí mejor ante la incómoda idea de tener que ir a Malacatán, una ciudad violenta, a picar el hormiguero de los sicarios.

—¿Has ido a Malacatán antes?, me preguntó Mynor.

—No, la verdad no, solo he estado en Coatepeque, pero nunca en Malacatán.

—No hay mucho que hacer, solo están esos prostíbulos. Hay una caseta de Pollo Campero en el parque y un restaurante chino que vende buenos mariscos. Ahí cerca hay un hotel donde nos podemos quedar. Lo mejor será ir al juzgado al llegar, pedir las órdenes de allanamiento y mañana, a las cinco de la tarde, entrar.

—Así que vamos a tener bastante tiempo libre.

—Pues sí, así es esto, se trata en gran parte de esperar. Podemos irnos al hotel, nos encerramos ahí y aprovechá a dormir.

—Es lo que hago.

—Mi hijo ya está durmiendo las noches completas, pero siento que no me he recuperado de los primeros seis meses, me confesó. Así que yo voy a dormir o a ver algún partido, porque desde hace meses solo veo caricaturas.

Eran casi las siete de la mañana y el calor junto a la humedad empezaban a castigarnos. Cuando llegó el desayuno comí muy rápido. Estaba ansioso. Terminé y fui al baño a lavarme la cara. Pagamos la cuenta y nos volvimos a subir al auto.

—Voy a manejar de ida yo y te doy el carro de regreso, ¿te parece?, preguntó.

—Pues si te queda bien a vos, le digo, está bien.

Tomamos nuestros puestos en el auto y Mynor volvió a la carretera. Había bastante tráfico en ese tramo. Enormes camiones cañeros o con hatos de ganado nos impedían ir rápido. No teníamos aire acondicionado en el vehículo así que debía llevar la ventana abierta para poder refrescarnos del calor que cada vez era más intenso. En ocasiones olía dulce por la caña. A veces apestaba por el hule o el ganado. Otras, el diésel de los camiones volvía agrio el aire.

Los ríos traían en la correntada unas piedras enormes. Pasaban bravos debajo de los puentes como largas lenguas achocolatadas que se iban estirando con cierto veneno y mucho peligro. No iba a llover. Esa circunstancia volvía peor el asunto, porque significaba que haría mucho calor durante todo el trayecto. Esta vez no íbamos a volver a parar. Nada debería detenernos hasta llegar a Malacatán.

Y así fue. Cuatro horas después, llegamos al juzgado de primera instancia y Mynor llamó a Nebira.

—Ya estamos acá, le dijo, si querés nos adelantamos pidiendo las órdenes.

Nebira le dijo que sí, así que entramos a hablar con el juez. Nos anunciamos y su señoría de inmediato nos pasó adelante.

—¿Desde la capital vienen?, nos dijo, como advirtiéndonos que nuestras caras no se le hacían conocidas.

—Sí, de allá, de la Fiscalía de la mujer, respondí.

—Ah, vienen por lo de UNICEF, me imagino.

—Pues algo así, dijo Mynor, venimos a pedirle unas órdenes de allanamiento para los bares donde hay menores, señor juez. Si usted tuviera la bondad de autorizárnoslas.

—Déjeme ver los documentos, requirió.

Mynor le dio los fólderes donde estaban los informes policiales. Los leyó uno por uno. Abría los ojos una y otra vez. Pero no nos decía nada. Estábamos en su despacho, una habitación de otra casa que fue dispuesta como sede judicial. Parecía pues que todo el sistema judicial guatemalteco funcionara de forma doméstica, pensé, mientras lo comparaba con nuestra sede.

Asumo que esta era la habitación principal, la del despacho; tenía una ventana en forma de arco que daba a un jardín que no tenía pasto, sino solo unos árboles sin podar creciendo sobre una tierra muy negra. Había un par de gallinas sueltas. Entendí que ahí mismo dormía el personal del juzgado y que aquellas eran de su propiedad. El calor era ya pronunciado y estaba sudando. El juez levantó la vista y me vio acalorado.

—Sí se sufre acá, ¿verdad? Más viniendo de la capital. Pero es bonito, va a ver. Cuándo piensan hacer los allanamientos, nos preguntó.

—Mañana, si usted nos los autoriza, señor juez, dijo Mynor.

—Qué van a hacer con los detenidos.

—Traérselos de inmediato, señor juez.

—¿Y con las patojas?, dijo, mientras lanzaba una carcajada. ¿Esas me las traen también?

No contestamos. Solo fingimos reír.

—Bueno, pues, vamos a autorizarles el asunto, si no qué va a decir UNICEF y la prensa, dijo su señoría. ¡Yeimi!, gritó hacia afuera, venga por favor.

Una señora en pantalones tipo pescador entró. Era la secretaria del juzgado. Mire, mija, fíjese que acá los jóvenes van a pedirnos unos allanamientos, por favor tramíteselos y haga los oficios, muchas gracias, pero que estén hoy, le dijo.

—Sí, señor juez. Ella tomó los fólderes y se fue a otra habitación.

Había ruido de impresoras de carro en todo el lugar. Gente entrando a preguntar en la recepción. Toda clase de gestiones. Las gallinas estaban hurgando por el jardín. Y el juez nos invitó a salir:

—Bueno, jóvenes, ahí se vienen más tarde a traer sus oficios, solo les encargo que se comporten al entrar, no me vayan a hacer desmadres y si ven cuates adentro, por favor me los tratan bien, dijo mientras nos daba palmadas en la espalda, al salir de su oficina.

Hablamos con Yeimi, la secretaria.

—A qué hora quiere que vengamos, le pregunté.

—Vénganse a las dos, a esa hora ya van a estar.

Mynor no dijo nada, pero al salir me habló:

—Van a tener varias horas para avisarles a los de los prostíbulos. A ver si encontramos algo, me dijo. Esto es así.

—¿Qué hacemos entonces?, pregunté, preocupado por lo que me acababa de decir.

—Pues nada, no podemos hacer nada. Solo esperar, ir a la caseta de Campero del parque y al hotel.

Compramos el pollo y buscamos una habitación disponible. Mynor conocía un lugar que tenía parqueo y cobraban cien quetzales la noche, con todo y factura. Era un edificio de dos niveles, el parqueo estaba a una cuadra y solo se podía usar de noche cuando los otros vehículos ya no estuvieran.

Un hombre mayor con la piel tostada de tanto sol nos recibió en la recepción del hotel, que era una especie de búnker de líneas rectas formando rectángulos, así eran los pasillos, las habitaciones, el comedor y hasta el llavero de madera inmenso con el número de la habitación esculpido torpemente. Nos tocó un cuarto compartido en el segundo nivel. Subimos por el foso gris de unas gradas muy angostas. Detrás de una puerta de metal, teníamos nuestro cuarto con dos camas durísimas, una pequeña ventana, dos ventiladores, un ropero y un baño diminuto que me hacía dudar de las medidas de higiene del hotel. Pero no estaba para hacerme el exquisito. Así que me acomodé y empecé a comer. Encendimos los ventiladores y abrimos la puerta para que el olor de la comida no se quedara dentro, pero el pollo frito es criminal, y no lo conseguimos.

Afuera de la habitación el pasillo terminaba en una sala con un televisor. Mynor me dijo que iría a ver fútbol, mientras llegaba el resto del equipo. Yo me quedé en la habitación y me recosté.

Llamé a Lucía.

—Hola, cómo estás, pregunté.

—Bien, todo bien, pasé una mañana tranquila y no sentí cuándo saliste. ¿Qué tal el camino y el hotel?

—Pues no es lo mejor del mundo, le dije un poco desanimado al saberla lejos.

Oí a Joaquín llorar.

—Ya toca cambiar pañal, me dijo Lucía. Te voy a tener que dejar. Espero que todo salga bien. Ten mucho cuidado, ese lugar no se me hace bueno. Menos a lo que vas.

—No te preocupes, estoy con Mynor y él parece que sabe qué hacer.

—Y qué está haciendo Mynor ahora, me preguntó.

—Viendo fútbol.

—Ah, mirá cuánto sabe qué hacer, respondió riendo. Te quiero.

Puse el teléfono a cargar. Me quité los zapatos y quise dormir. No pude. El calor no me dejaba. Quizá después me anime a salir con la brisa de la tarde, aunque no sé qué tan bueno sea, pensé, que me vean hoy por la calle y mañana allanándoles el negocio. Miré el techo, tenía una superficie corrugada que parecía una serie de rostros viéndome fijamente. Cerré los ojos y pensé en Joaquín. Espero que duerma bien esta noche, si no cuando regrese me van a tocar todos los turnos seguidos para compensar. Sea como sea, quiero volver.

Mientras tanto, a seis horas de mi casa, solo puedo pensar en lo que encontraremos mañana. He ido pocas veces a un prostíbulo. La primera vez fue con un tío, hermano de mi papá. Lo fui a visitar a Quetzaltenango. Me sacó a pasear una noche y primero me llevó a comer un pache a una tienda donde decían vender los mejores de toda la ciudad. Después se juntó con un amigo suyo que era taxista y que respondía al nombre de Óscar. Parecía una estrella pop mexicana de los ochenta. Canoso, con este flequillo de *rock star* cubriendo la frente y pelo alborotado escondiendo las orejas, como si fuera un miembro sinaloense de Bon Jovi. Daba la sensación de que se derretía por su abundante papada. Manejaba una camioneta Toyota del 87 que hacía las veces de taxi. Nos encontramos frente a una casa mal iluminada por un poste de tímida luz. No tenía ningún rótulo. Vi varias bicicletas parqueadas.

Mi tío tocó la puerta. Era metálica, cuadrada, como todas, de un café terroso adecuado para disimular la cantidad industrial de polvo que debía llegarle de la calle sin asfaltar, con la pura tierra desnuda que mostraba los surcos de los aguaceros. Un tipo miró por la ventanita de vidrio que se abría en la misma puerta. Lo vimos asomando sus cachetes enormes para examinar a mi tío Pedro y a su amigo taxista, el sinaloense integrante de Bon Jovi. Al parecer los conocía, porque sonrió y los dejó entrar de inmediato abriéndose frente a nuestros ojos un espacio enorme, un salón verde menta, bastante iluminado, que tenía del lado izquierdo, más cercano a la puerta, una barra atendida por el *bartender* y un ciento de botellas de ron barato. Del otro lado un grupo de mujeres, sentadas, platicaban y se reían viéndonos. Eran las prostitutas.

A los parroquianos nos asignaban mesas redondas de plástico. Mi tío y su amigo pidieron una botella de ron y nos la sirvieron con tres Coca-Colas, un cubo lleno de hielo, un plato con limones partidos y tres tamales con su pan francés al lado. Es decir, aquel sí que era un putero tradicional, de pura cepa, como el que los abuelos y los abuelos de los abuelos visitaron y quizá por eso fue la decisión de mi tío, en ausencia de mi padre, llevarme ahí cuando tenía quince años, con su amigo el taxista. Entretanto decidía si comerme primero la carne o la masa, una rubia de unos veinticinco años me miraba tras su montón de maquillaje, vestida con una lencería blanca que incluía un par de medias del mismo color, y unos zapatos de tacón negro. Me dio pena que me viera así, la verdad, comiendo el tamal, y solo me serví la Coca-Cola, hasta que Óscar me quitó la pena porque se levantó y se acercó a la rubia. Se fueron a un cuarto del que volvieron veinte minutos después. Se sentó a mi lado mientras yo terminaba mi tamal y me dijo que había sido una fantástica experiencia, muy linda, que le había hecho el "armas al hombro" y todo, muy profesional. Mi tío me miraba entre nervioso y a sabiendas de que estaba intentando cultivar en mí un gen que no terminó de cuajar porque la verdad yo miraba a la rubia, que ahora se arreglaba y ya no tenía las medias, porque a lo mejor se le habían corrido mientras le hacía el armas al hombro a Óscar, y no sentía sino pues mucha incomodidad, porque la verdad se parecía a una de mis vecinas que era buena gente y me decía siempre que me veía: "Adiós, *Chalito,* saludame a tu mamá".

Así que después de esa, pasaron muchos años hasta la siguiente vez que fui a un prostíbulo, habrá sido cuando tenía como veintiún años, no conocía a Lucía aún. Fue una noche de bares, con dos amigos y, de pronto, al lado de nuestra mesa, había varias mujeres más o menos de nuestra edad, una de ellas se levantó y se paró en la barra y se puso a bailar mientras todos aplaudían.

Esa escena evocó la parte más animal de los tres. Uno de mis amigos confesó que nunca había ido a un *Table* y yo pensé que era hora de sincerarnos todos aceptando que tampoco había ido, ya que mi única experiencia en los prostíbulos había sido comiéndome un tamal a los quince años con mi tío y un taxista quetzalteco. Así que Milton, Gabriel y yo dijimos ¡ya qué!, nos fuimos de Tacos Tequila, manejamos hasta la Zona 9, ignorantes de cuál podría ser el mejor *table dance* para poder iniciarnos en el tema. Tendría que ser el más luminoso y que tuviera parqueo. Entramos a uno que cumplía con ambas condiciones, de hecho, con creces, porque tenía el parqueo enfrente.

Entramos y reconocimos a varios de nuestros compañeros de la universidad. Saludamos sin tocarnos las manos, porque la verdad siempre me preocupó la higiene. El lugar, a diferencia de mi experiencia en la bella Xelajú, no era un cuartucho en una casa cualquiera, era un salón en la medida de lo que posiblemente se imagina uno que es un prostíbulo con show: en el centro una larga pasarela que terminaba en un círculo coronado por un tubo de aluminio que llegaba hasta el techo. La iluminación era de un rojo encendido; alrededor, muchas mesas, muchos hombres, muchas cervezas en las mesas, botellas de whisky y nada de ron barato.

Nos sentamos cerca del tubo; diríamos con cierta claridad que era un buen lugar. Quince minutos después de estar ahí y con el mesero apurándonos por nuestra segunda cerveza, salió al escenario una mujer de unos veinte años, con música del *glam* ochentero. Se acercó a nosotros y se empezó a desnudar. No era fea, eso lo explico primero. Lo siguiente es que miraba hacia el vacío como si nadie en ese salón existiera de verdad. A lo mejor éramos fantasmas para ella. Se quedó en tanga mientras se contorsionaba en el tubo metálico, frente a nosotros, que estábamos en total silencio como si aquello fuera una cirugía a corazón abierto.

Bailó y bailó, hasta que terminó la canción. Yo tenía frente a mí su enorme zapato de tacón. Se dio la vuelta, se agachó, deslizó lentamente la diminuta tanga negra y se quedó desnuda. Se volteó de nuevo para que pudiéramos apreciar la belleza de su desnudez y la prominencia de la vulva de una mujer que miraba al vacío, como si le diera asco vernos, que seguro era así, o yo me imaginaba eso y en realidad era yo sintiendo asco de mí mismo.

Nunca más volví a un prostíbulo. Menos mal. Porque ahora tendríamos que allanarlos todos y sería muy malo para mi carrera que en algún putero me reconociera alguien como un cliente frecuente; estaba seguro de que no iba a ser ese mi caso.

Finalmente salí de la habitación expulsado por el calor. No pude quedarme más. Mynor me pidió que lo acompañara a traer las órdenes donde el juez. Subimos al auto y nos dirigimos hacia el juzgado. Pasamos por las anchas calles de Malacatán, manchadas de aceite de auto y humedad. Las casitas al lado eran casi todas iguales, construcciones de costa: block, lámina, pintura y ventanas cuadriculadas. Arquitectura de maestro de obra, con colores que nadie usaba. Algunas estaban pintadas con publicidad de partidos políticos que ya no existían. Se habían ido lavando con el sol y la lluvia hasta convertirse en manchas más interesantes que las que estaban pintadas uniformemente. Las ocupaban todo tipo de negocios: agrícolas, de electrodomésticos, barberías, ventas de celulares y de pronto, el juzgado de Primera instancia penal, donde nos recibieron para darnos las copias de todas las órdenes ya firmadas por el juez que a esa hora no estaba disponible en el despacho. Se había retirado.

Salimos. Eran cerca de las cuatro de la tarde. El calor y la humedad provocaban que el vapor subiera desde el asfalto hasta hacer bullir la cabeza de los que estábamos en la calle. Sufrir demasiado el calor me delataba como capitalino; todos los demás parecían llevar una vida normal. En cambio, yo goteaba sudor manchando los fólderes que mañana usaríamos para allanar.

## 22 de agosto

Eran las ocho de la mañana y estábamos en el comedor del hotel desayunando. El olor a huevo y frijol llenaba todo el salón. Unos perezosos ventiladores que pendían del techo refrescaban tan poco que terminaban siendo meramente ornamentales. El sonido de los tenedores chocando con la porcelana se confundía con las muchas voces del restaurante, a las que se sumaba la de un programa matinal que estaba sintonizado en la televisión en el que el presentador nos mostraba su felicidad inmutable, mientras narraba los horrores de un país con cuarenta y siete asesinatos por cada cien mil habitantes.

Las meseras se darían cuenta, fácilmente, de que estábamos preparando un operativo policial porque, mientras comíamos, todos conversábamos sobre resoluciones, allanamientos, tácticas de entrada, de salida, de entrevista. Algunos bromeaban entre sí, recordando anécdotas de cuando estuvieron borrachos en otros allanamientos parecidos, como, por ejemplo, la de Rómulo, un auxiliar fiscal que vomitó adentro del carro y tuvo que regresarse en la parte trasera del picop desde Cobán a la capital, totalmente inconsciente, como un costal de maíz que rebotaba en cada esquina de la palangana.

Nuestra mesera estaba concentrada en sus anotaciones, haciendo a lo mejor las sumas anticipadas de las cuentas, las habitaciones, los desayunos con huevo y frijol, los que llevan panqueques, los que no, los cafés o los jugos, un universo que reclamaba de ella toda la atención posible.

Le envié un mensaje a Lucía, que seguramente ya se estaba preparando para su primer día de trabajo después de cinco largos meses de permiso de maternidad que le dieron en el banco. Pienso que no estaré con Joaquín el primer día que se quedará bajo los cuidados de mi abuela y mis tías, quienes nos ofrecieron esta invaluable ayuda como la mejor mano que se tiende cuando se necesita.

"Espero que todo vaya bien con tu trabajo, y que Joaquín no dé mucho problema hoy", le escribo a Lucía en un mensaje de texto, que veinte minutos después contesta con un escueto: "Gracias, voy corriendo", por lo que fácilmente me la imagino haciendo una enorme maleta para que acompañe a Joaquín con todo lo que pueda necesitar en el día y yo, mientras, sin poder tomar parte en esa odisea.

Pero las cosas son así, todos en estas mesas tenemos esposas e hijos. No hay nadie soltero, tal parece que el requisito para ser fiscal es tener una casa con hijos que mantener. Somos dueños de una deuda enorme, una casita pequeña y un jardín que a veces no termina de reverdecer.

Estábamos lejos de casa, dejando mucho atrás. Teníamos las órdenes de allanamiento listas, habíamos desayunado e íbamos a cumplir.

—A qué hora entraremos, le pregunto a Mynor, que termina de tomarse su taza de café.

—A las cinco y media de la tarde. Ahorita, si entramos, no vamos a encontrar nada. Los bares se empiezan a llenar después de las seis.

Tendríamos que esperar, otra vez. La propuesta de Mynor era seguir viendo partidos hasta el cansancio. Yo no podía más con ese tedio y con la ansiedad de lo que nos esperaba, así que decidí salir del hotel un rato.

Hacía un sol espléndido y amenazaba con llover. La luz intensa quemaba las hojas de los pocos árboles que estaban cerca. Caminé hacia el parque y encontré grupos de niños jugando a la pelota y ancianos que miraban al vacío como esperando que alguien les preguntara a qué se parece el fin.

Algunas ventas de electrodomésticos tenían la música a alto volumen y en las calles el escándalo de su publicidad se potenciaba con los ruidos de los tuk-tuks que en Malacatán servían como taxis. Uno tras otro como zumbidos de abeja violenta escapándose apenas del contacto, contorsionándose ágilmente para evitarse. Todo en este pueblo parecía moverse a ritmo perezoso, salvo los tuk-tuks.

Estaba seguro, además, de que en muchos de esos negocios conocían a algún sicario o una víctima. Seamos claros también: Malacatán es un municipio violento, pero todavía mostraba alguna dulzura como la de los niños jugando infinitamente a la pelota bajo la sombra de los pocos árboles y las miradas silentes de los viejos que saben cómo es el fin.

Me senté en una banca a pensar en Lucía, en lo que haría ahora mismo en el trabajo, analizando los riesgos de un crédito de veinte millones de dólares. Haciendo cosas grandes e importantes desde una oficina limpia, elegante, en la que parece que esta circunstancia apremiante de la costa marquense era incapaz de penetrar. No llega hasta allá el salitre, ni el estruendo de las bocinas de los negocios de ropa con Don Omar y Romeo Santos cantando *Ella y yo* como si evangelizaran a este pueblo costero sobre la infidelidad.

Vi pasar a varias de las meseras del restaurante del hotel camino al mercado con bolsas que luego traían llenas de verduras y hierbas, seguramente para el almuerzo que aún íbamos a tener. Parecían muy alegres, a diferencia de la mañana cuando las embelesaban las sumas de las cuentas del desayuno.

Mi teléfono sonó, era Mynor preguntándome dónde estaba. Le dije que en el parque y me recomendó regresar, almorzar y dormir algo porque seguramente esta noche no podríamos hacerlo estando en el allanamiento. Aquel era el aviso indiscutible de la batalla.

Regresé, no quise comer nada del hotel sino que pasé comprando una porción de tacos que vendían en una carreta solitaria, al costado del parque, en la que pasé ahumándome frente a la plancha en la que tenían las tortillas friéndose junto a la carne que iban tapando con bolsas plásticas para que no se enfriara; cuando te servían, levantaban el cobertor y salía un penetrante olor a cebolla y mucho vapor.

Me los comí ahí mismo, para no encebollar el aire de la habitación a la que me fui a refugiar después con el ventilador dándome de frente para espantar el calor. Dormí así, dormí bastante, desperté hasta las cuatro de la tarde cuando Mynor revisaba direcciones, hablando por teléfono con los policías que nos acompañarían y también con Nebira, que estaba en otro hotel.

Me lavé la cara y me preparé. Todo parecía seguir un orden rítmico. Mynor hablaba aún por el teléfono y yo miraba mi grupo de hojas membretadas fijadas en la tabla de corcho que las sostenía, y me aseguraba de llevar los demás implementos de esa oficina móvil que es un allanamiento. Tomé todo y lo metí en una mochila junto con una botella de agua y media docena de lapiceros.

Estaba listo. Mynor me pidió que lo acompañara al parqueo del hotel. Salimos cuando la tarde empezaba a ceder. La música seguía en los almacenes haciendo un alboroto al que parecían estar acostumbrados. El enjambre de tuk-tuks era aún mayor y estaban en cada calle, agrupados, como esperando a movilizar un pueblo completo. Las esquinas con las carretas de tacos y su olor a carne y cebolla eran faros que, con sus bombillos amarillos intensos, orientaban esa marea de gente que empezaba a moverse por todas partes.

En el parqueo varias patrullas estaban esperando y otras permanecían alrededor. Les explicamos que tendríamos que reunirnos en algún punto más conveniente para no colapsar el frágil ritmo de la ciudad. Hablamos con Nebira y nos sugirió un campo de fútbol situado en las afueras. Los alcanzamos ahí, licenciado, dijo el jefe de la policía a Mynor y nos encaminamos todos a esa cancha.

Nos movimos sorteando a la gente que se atravesaba la calle sin ninguna señal previa. Parecía que estábamos entrando desde ya en el peligro, y que todo el pueblo estaba familiarizado con él. Avanzamos con bastante torpeza y finalmente llegamos a una cancha cuya mitad era de tierra y la otra mitad de pasto seco, en la que, en vez de los jugadores de fútbol panzones que seguramente la ocupaban, estábamos nosotros, los fiscales, los policías, dos docenas de patrullas y dos camiones del ejército que desde ya estaban a nuestro mando.

Aquel bullicio parecía tener un orden: la voz de Nebira alistándolos a todos en grupos de diez para cada dos auxiliares fiscales, los soldados repartidos equitativamente tendrían que subirse a las patrullas repletas de agentes policiales que venían de San Marcos, cabecera, Quetzaltenango, cabecera y Coatepeque. Armados con sus pistolas nueve milímetros, algunos con rifles viejos, y acostumbrados a recibir órdenes, estos misteriosos hombres habían surgido de pronto como un recurso a nuestra disposición.

Aquella era la primera vez que tenía bajo mi cargo semejante fuerza de la ley. Sentía una enorme responsabilidad. De dónde habían salido tantos policías, quiénes eran, cuál era su historia, seguro también tenían familia a la que veían cada once días cuando les tocaba descanso. Para mientras se mantendrían a flote con bebidas energizantes para no dormirse en las largas jornadas en la calle.

Nebira solo nos dijo: ¡Vamos!, cada uno a su puesto, organícense con su grupo, y de pronto tenía frente a mí a diez policías armados, una patrulla y tres soldados que rápido subieron a la parte de atrás del vehículo policial como si estuviéramos dispuestos a dejarlos si no lo hacían de inmediato. Algunos policías estaban tomando un breve descanso en una tienda frente al campo de fútbol y todos empezaron a correr hacia nosotros porque escucharon los motores.

Mynor pidió el número de teléfono al piloto de la patrulla y le dio el nuestro. Eran las cinco y veinte de la tarde, era hora del allanamiento. Nos tocó el bar La Federación. Se llamaba así por la Federación Centroamericana. Malacatán está a treinta kilómetros de Tapachula, la ciudad mexicana más al sur de su frontera, y es un paso continuo de migrantes centroamericanos. Algunas mujeres que abandonaron todo en su país se van quedando sin recursos para seguir el viaje y terminan en bares como este, nutriendo de nacionalidades centroamericanas el negocio de la trata de personas en el país. Encontraremos todo tipo de acentos en el lugar, comentó Mynor, es cuestión de ir afinando el oído y saber preguntar para no ser engañados.

Mynor condujo otra vez por el centro de Malacatán hacia el bar. Por el camino me asignó mi tarea principal, cuidar que los policías no toquen a las mujeres, que no les roben, que se comporten. Al entrar, me dijo, vamos a asegurar la caja poniéndole un custodio. Después pediremos a la gente que se reúna en el salón principal y nosotros registraremos cada habitación. Llevo todo memorizado como si fuera una coreografía que estoy a punto de bailar. La patrulla encendió la sirena que ululaba por todo Malacatán. La música estaba puesta.

La gente se detenía para vernos y los tuk-tuks se hacían a un lado del camino en la medida que lo permitían las calles. Íbamos formados en una caravana de unos quince vehículos. Si tuviera un arma la iría cargando en este momento, pero no es algo que haya considerado aún. Mynor tampoco está armado. De hecho, nadie de la fiscalía lo está. Solo los policías que nos acompañan en las patrullas que los llevan como una especie de carga en la palangana, haciendo que aquellos que van sentados en la orilla se muevan de forma pendular y las esposas que llevan consigo choquen con la carrocería del auto. Por esa razón todas las patrullas están despintadas de esa orilla.

Varios de los bares que íbamos a allanar se encontraban en la misma avenida, así que enfilamos todos hacia allí. Las calles eran cada vez más anchas y logramos avanzar más rápido hasta estar frente a La Federación, que no era otra cosa que una casa de un solo nivel, como todas, y los hierros saliéndole como espinas por la terraza, esperando a construir alguna vez un segundo piso. Estaba pintado de color zapote, tenía las puertas metálicas y angostas, cuadriculadas, como las de nuestro hotel, y abiertas al público. Al detenernos, varios policías se encaminaron hacia allá y detrás íbamos nosotros, que entramos al lugar vacío de clientes. Los soldados cuidaban el perímetro.

Nos recibió un salón lleno de mesas con un pequeño escenario en el centro; en la esquina, una barra al igual que en los otros lugares. Al lado de la barra, una especie de jaula en la que estaba el DJ, el administrador y la caja a la que le colocamos de inmediato un agente custodio y contamos el dinero junto al encargado, un hombre de unos treinta y cinco años, que no parecía estar nervioso por la presencia de la policía en su local.

Tres mil quinientos quetzales en efectivo. Una vez contado el dinero, le pedimos que nos acompañara a cada una de las habitaciones del lugar, mostrándole para ello la orden de allanamiento que nos permitía ingresar. Recibió una copia y nos la devolvió firmada, entregándonos su cédula de vecindad. Recorrimos el interior de La Federación y era una ratonera. Cuartitos pequeños con una cama, una mesita de noche con un rollo de papel higiénico y una palangana plástica con agua como única decoración. En las habitaciones encontramos a varias mujeres a quienes les pedimos que salieran al salón principal y que entregaran sus identificaciones.

Todas las habitaciones eran iguales, había seis, y un único baño que no tenía agua corriente, sino que se surtía de un tonel que estaba dentro, entendiendo que había que llevar el agua al inodoro cuando se usaba. El calor, la humedad y los meados hacían que oliera horrible. Volvimos al salón donde nos esperaban cinco mujeres, tres con sus cédulas guatemaltecas y dos que decían ser salvadoreñas. Les pedimos su identificación y dijeron haberla perdido. Las guatemaltecas parecían ser mayores de edad y sus cédulas originales. Dos de Quetzaltenango y una de San Pedro, San Marcos. Todas dijeron estar ahí bajo su voluntad, que les pagan bien, que no están sujetas a nada terrible, solo ahora, que se sienten amenazadas por la policía.

Anotamos todo en actas que levantamos a mano y ellas firmaron. Les devolvimos sus documentos a las guatemaltecas y a las salvadoreñas les pedimos el permiso de trabajo en el país, el cual, evidentemente, no tenían, por lo que tuvieron que trasladarse al refugio de migrantes para luego llevarlas a la frontera con El Salvador.

Le avisamos a Nebira del resultado. Entre las entrevistas a cada mujer, la revisión del lugar y escribir las actas a mano pasaron cinco horas. Eran las diez y media de la noche cuando salimos del lugar con dos detenidos por contratación ilegal de migrantes, un delito del que saldrían fácilmente pagando una multa. Ya en el auto, Mynor me confesó que era un resultado natural, que todos en Malacatán sabían del allanamiento.

Nebira logró detener a dos personas y rescatar a dos adolescentes del bar más grande. Las adolescentes eran nicaragüenses, así que estaba pidiendo ayuda a la Procuraduría General de la Nación para poder trasladarlas al hogar de protección, pero que tendría que esperar porque vendría desde Coatepeque. Paciencia, eso tocaba tener; mientras, nosotros volvíamos al hotel a dejar el auto en el parqueo. A dormir algo si se puede. A cubrir la audiencia en el juzgado a las nueve de la mañana y luego, de vuelta a Guatemala, para por fin volver a casa.

# 26 de agosto

Joaquín siempre duerme en el auto, como ahora, que vamos camino a casa de mi suegro y se ha rendido entre el vaivén y el calor. Ni siquiera la música lo despierta, ni las bocinas de los tráileres, ni los escapes de las motos que parecen sierras eléctricas partiendo el asfalto.

La casa de mi suegro está al otro lado de la ciudad, en un condominio rodeado de un bosque montañoso. Usualmente no está en esa casa sino en su finca, en el oriente, en la que cosecha hortalizas que trae a vender a los mercados. Es un negocio floreciente el que tiene, además de alguna que otra inversión en empresas de producción de melón.

Mi suegro es un hombre industrioso. Le gusta hablar de generar ganancias, de rendimientos de suelo, de terrenos en venta, de picops Toyota y de Joaquín, su tercer nieto. Como lo ve poco, esta será una de esas fiestas que organiza cuando ocurre el feliz suceso.

En el trayecto le conté a Lucía del viaje a Malacatán, del calor insoportable, de los bares y las mujeres, de la fuga de información, de las gallinas en el juzgado y rio con ello, pero terminó preguntándome si se había logrado rescatar a alguien y si hay procesos importantes iniciados y le dije la verdad, que no, que todo resultó una cosa menor para todo el ruido de una decena de auxiliares y una centena de policías.

—Es decir, que te fuiste tres días, me dejaste sola con Joaquín y no sirvió para mucho, dice en tono de broma.

—Pues es lo que hay, qué más te puedo decir.

Llegamos finalmente a la entrada del condominio de mi suegro; una garita como la de cualquier puesto migratorio centroamericano: una caseta de block, lámina y vidrios pequeños por donde salen los agentes a preguntar a dónde voy y pedirme mi documento de identidad. Entregué mi licencia de conducir y me devolvieron un enorme cartón con el número diecisiete, que coloqué sobre el tablero del auto.

Conduje hasta la casa, una construcción de dos niveles con un enorme jardín rodeado de una pared inmensa con alambre electrificado. Adentro, los dos perros de mi suegro nos recibieron lanzándose contra nosotros, y los sorteamos mientras entramos a Joaquín, aún dormido, para que de inmediato lo vea mi suegro, su tía y sus primos adolescentes que también están invitados a comer.

Me acomodé un rato en la sala y Genaro, mi suegro, me sirvió un ron y Lucía le pidió una cerveza oscura que, según su tía, es lo mejor para amamantar. Acto seguido Genaro me invitó a acompañarle a la parrilla que ya estaba encendida y daba espacio al ritual del fuego y la carne, el lugar sagrado del varón latinoamericano.

Así que fui a que me explicara las bondades del lomito que pidió a su carnicero de confianza en Zacapa, donde llega todo lo mejor del ganado de Izabal y Petén, y que prácticamente no hay una mejor carne que esa que estábamos a punto de comernos, por lo que solo la sazonó con sal y listo para el fuego que ya prendió.

—Me contó Lucía que ahora está en una Fiscalía de violaciones de niños y prostitución, me dice, mientras pone la carne en el asador y empieza a sentirse el olor de la grasa quemándose al carbón.

—Sí, estoy en esa fiscalía, tuve que cambiarme por algunas diferencias con la jefa, le cuento, mientras le doy un trago al ron.

—¿Y cómo es ahí? Debe ser complicado eso, me pregunta.

—Pues sí lo es, es complicado, hay que enterarse de cosas que uno no quiere saber, más siendo papá.

—Me imagino, contesta, sin quitar la vista de la parrilla. Yo me topaba con uno de esos hijos de puta y les quebraba el culo, para qué darle largas, ¿verdad?, eso deben hacer en la cárcel. Dicen que se los cogen cuando están encerrados.

—Pues hasta ahí no sé, le contesto, pero estoy seguro de que no ha de ser un paseo.

—Lo que sí es cierto es que más que meterlos presos, hay que matar a los violadores de niños. ¿Y son corruptos ahí en su oficina?

—Pues yo no estoy cobrando nada, ni nadie más que yo conozca. Prueba de ello es que aquí estamos trabajando los dos como nunca, contesto, mientras sigue asando la carne, ya en silencio, hasta que vuelve a hablarme de la cebolla y del tomate, que están chulos, pero no llegan a dar las ganancias del melón.

Lucía nos escuchaba desde una esquina. Su padre no le solía hablar de estas cosas a pesar de que ella las entendiera mejor que yo. Es economista y en el banco analiza riesgos en los créditos. Sabe cuándo será una buena temporada de cosechas. Pero en esta casa eso no será nunca suficiente acreditación. Tampoco es suficiente lo que uno hace, y no me imagino qué pasaría si le hubiera dicho a mi suegro, pues sí, mire, agarramos a la gente y la vamos a matar al monte, para tirar los cuerpos al río, como me imagino que espera que le diga para su enorme satisfacción de resolver un problema que, para su criterio, no tiene ninguna solución en un proceso judicial.

Pero lo único que atino es a ver la carne terminar de cocinarse, mientras Lucía empieza a poner la mesa con su tía, como una tarea que tiene aceptada no hará alguien más, salvo las mujeres de esa casa.

—Joaquín ya está llorando, le digo a mi suegro para escaparme a cuidarlo.

—¿Y qué, usted le va a dar de mamar?, me contesta, riéndose a carcajada limpia mientras respondo con una leve sonrisa y me voy a la sala a revisarle el pañal a Joaquín, que pide cambio.

Lucía escucha desde la mesa y dice:

—Pues ojalá también le pudiera dar de comer.

Lo llevo al dormitorio de mi suegro a cambiarlo. En la mesita de noche está puesta su pistola y una foto de la Virgen de la Asunción. Acuesto a Joaquín en la cama, con la película plástica debajo para no manchar las sábanas, y le cambio el pañal. Cuando termino, salgo de la habitación y Lucía está sentada con su tía en la sala. Llevo a Joaquín ahí. Los perros están jugando en el jardín y a veces ladran muy fuerte, los primos de Lucía juegan a la *PlayStation* en otra habitación y mi suegro nos llama a comer.

Nos sentamos a la mesa. Lucía me toma la mano por debajo, como si ahí no fuera posible mostrar que nos queremos. Y más que por el puro miedo a lo que pueda decir Genaro, Lucía parece que lo hace por respeto y reverencia, esa que siente hacia su padre, que sigue hablando de lo mal que está Zacapa con los servicios para poder exportar. Me fijo en la enorme docilidad de los perros echados en una esquina esperando a ver si les lanzamos un trozo de carne; nos ven con una mirada triste, sumisa, tal como me siento yo ahora mismo escuchando cada idiotez que se le ocurre decir a este hombre, mientras Lucía solo asiente con la cabeza, en silencio.

## 27 de agosto

Ir a almorzar con mi suegro fue la única cosa que agendamos este fin de semana, y como es domingo descansaré, no haré nada salvo mirar la tele desde la cama. Lucía se une al plan, y está acostada a mi lado. Es casi mediodía y la cortina sigue cerrada. Sé que afuera llueve, porque escucho la lluvia en la lámina del patio de la casa del vecino de atrás.

Vemos una película de Tom Hanks en la que se queda atrapado en un aeropuerto. No le pongo demasiada atención a la televisión. En realidad, pienso en lo cómodo que estoy recostado en nuestra cama. En lo bien que se siente estar en paz, en casa, un domingo mientras llueve.

No quiero moverme. No quiero cambiar nada de ese instante en el que Lucía está casi dormida, mientras yo estoy pensando en hacer lo mismo, porque Joaquín está callado en su cuna.

Apago el televisor, Lucía duerme. Estos han sido unos meses movidos. Ella en el banco, con mucho trabajo, parece ser que se lo acumularon en su ausencia y lo tenían listo para que recordara la presión. Joaquín está sano y nos da poco trabajo. Mis tías y mi abuela se han encargado de darle un montón de cariño y cuidados.

Estoy seguro de que algún día esto me parecerá una historia más en la vida. No sé bien si en quince años me veo haciendo esto. Si entrados los cuarenta todavía tenga ganas de jugar al policía y al ladrón. A veces, cuando pienso en la oficina, siento miedo. De mí, sobre todo. No sé bien cuándo empezaré a formar parte de ese paisaje de dolor al que todos están acostumbrados. No sé si lo convertiré en rabia.

Cobra sentido lo que me dijo Genaro, ayer en el almuerzo. Esa rabia se va acumulando. Hay casos en los que me gustaría tomar un arma y dispararle al violador. Lo percibo, de verdad, palpitando en mis manos, vivo como un fuego. Pero me parece una estupidez cuando me imagino sosteniendo un arma. No soy de ese tipo. No soy de los que tienen en la mesita de noche una postal de la Virgen y una 9 milímetros cargada.

En vez de eso, soy de los que escucha llover desde su cama, mientras su esposa y su hijo duermen plácidamente el sueño del domingo. Eso está bien y es suficiente. Eso está bien y me basta. Es solo que a veces me gustaría poder hacer algo más que solo escribir notas en los expedientes que me terminan abrumando. A veces siento que estoy jugando una lotería del dolor. Son tantos casos que no puedo con todos. Escojo cuáles. Los que me parecen más escandalosos, los que gritan auxilio, digamos una violación de un niño de tres años, de una niña de doce por su padre, su abuelo y su tío, que denunció una maestra de escuela de una aldea de un municipio vecino a la ciudad. La circunstancia de este lugar feroz.

Ahora llueve también en las casas de la gente que denuncia. Ahora llueve en las cárceles donde están los detenidos, sobre las comisarías de la policía, sobre la casa de Claudio, sobre los prostíbulos de Malacatán y los del Cerrito del Carmen. Ahora las correntadas de agua limpian las aceras, hacen crecer el musgo en las paredes de la fiscalía, en los techos de lámina.

Todos los casos tienen algo en común: el violador está cerca del niño. Debería pensar en eso. Quiénes de los que están alrededor de Joaquín pudieran hacerle daño. ¿Mis primos? ¿Mi abuelo? Es una idea paranoica, debo detenerla. Es terrible tener que pensar esas cosas. No imagino lo que se siente al dejar que el miedo entre hasta tu cama, un domingo por la mañana mientras tu esposa duerme y tú haces el listado de posibles agresores sexuales en tu círculo cercano.

Quizá al final de esta espiral no haya nada sino más miedo. Quizá el final de esta noche sea una noche más larga. No tengo ninguna idea de hacia dónde va todo. Parece ser que terminé por el azar en un lugar donde las puertas de la incerteza se me abrieron para dejarme entrar de lleno. Por qué no escogí otra cosa, como mis compañeros de universidad que ganan buenas cantidades de plata por arreglarle los problemas a las compañías. Por qué no me hice un abogado corporativo, de corbata elegante y camisas caras. Estoy acá, atrapado en la fiscalía y creo además que tampoco quiero dejarla.

Esto es como cuando uno va manejando en un paseo por la carretera y ve un accidente en el camino. Están los bomberos ya atendiendo a los heridos. Uno sabe que nada puede hacer. Que ya la suerte está echada y que la sangre y los cristales sueltos en el asfalto son el anuncio del horror que se viene. Uno puede escoger no verlo. Pero lo ve, inevitablemente, porque el dolor es una llama que enceguece. Y cuando uno siente esa llama en la carne viva, jamás puede olvidarla.

# 24 de octubre

A Horacio lo conocí hace unos años en la Fiscalía de amparos, cuando ambos éramos estudiantes y asistentes de fiscalía al mismo tiempo. Nos hicimos amigos porque estaba genuinamente interesado en el Derecho y para mí eso era suficiente razón para empezar una amistad. Cuando teníamos tiempo libre, mientras sacábamos copias a los memoriales, nos poníamos a discutir sobre lo que se nos ocurriera que implicara un reto de interpretación. Así se formó nuestro vínculo, debatiendo sobre cosas imaginarias.

Dos años trabajamos en la misma oficina, más o menos, luego él, que era aplicado, se graduó y decidió dejar la fiscalía para dedicarse a ser un abogado defensor. Su padre era un litigante famoso que además había sido magistrado y diputado, que requería que le ayudara en la oficina que hasta entonces manejaba solo. Mantuvimos la amistad y, con cierta frecuencia, lo iba a visitar a su despacho situado en un edificio que quedaba muy cerca de las oficinas administrativas del Ministerio Público. Desde ahí se veían los techos vecinos, así como las cúpulas azules de una iglesia y casas viejas con la lámina roja de tanto óxido.

Su oficina estaba en el quinto nivel. Usualmente lo acompañaba Fernando, otro abogado. Tenían un procurador, esta especie de mandadero especializado, a quien llamaban Perico y del que jamás supe su nombre real, salvo que le gustaba contarme historias de cómo economizar en el almuerzo incluyendo ir a los comedores del gobierno. Horacio solía tener guardada una botella de Johnnie Walker, etiqueta roja, en las gavetas de su escritorio y la sacaba mientras yo llevaba el agua mineral y el hielo. Servía el whisky en vasos plásticos desechables que guardaba en la cocineta y luego nos sentábamos a hablar durante horas sobre delitos incomprensibles. Tal sigue siendo la circunstancia de nuestra amistad: beber y disertar sobre nada.

Discutíamos sobre un delito de la ley de caza en el que, si las autoridades te encuentran cazando y te piden la licencia pero te niegas a mostrarla, te pueden sentenciar a cinco años de prisión. Nuestra discusión partía de lo siguiente: si estás cazando, con la licencia respectiva, pero no la quisiste mostrar, ¿te van a sentenciar a la misma pena que por no tenerla? A Fernando le parecía que no, a Horacio a lo mejor, pero desconfiaba totalmente de la policía y del juez. Así que seguimos hablando de ello hasta que nos interrumpió un cliente que llegó a firmar un documento.

Horacio salió a recibirlo; luego le puso una hoja sobre el escritorio para que la firmara. No supe de qué se trataba ni tampoco me interesaba mucho. Estaba pensando en la discusión sobre si mostrar la licencia era o no una causa para llevarte preso. Lo cierto es que el cliente de Horacio tenía ganas de hablar también y nos dijo: Igual te van a joder, los policías siempre te van a joder. Me pareció que sabía de lo que hablaba, así que asentí y agregué:

—Lo bueno es que, si la policía lo jode, aquí tiene a Horacio dispuesto a pelear por usted.

El hombre se rio, y añadió:

—No solo los abogados sirven en esos casos, también los doctores. A mí cinco tiros me acaban de dar, mire, licenciado, dijo señalándose el pecho. Fui al hospital Esperanza y gracias a Dios estoy vivo. En ochenta mil quetzales me salió la broma, pero me salvaron y aun así me dieron Visacuotas, qué maravilla, licenciado.

Nos echamos a reír. El hombre finalmente tomó la hoja y la firmó; luego se despidió. Horacio volvió a la oficina para sentarse de nuevo y seguir discutiendo. Pero antes quiso explicarme quién era el hombre.

—¿Sabés quién es? Es el único que sobrevivió al tiroteo en la casa de un embajador. Eran cuatro, todos armados disparándose y este fue el único que sobrevivió. Recién lo sacamos del clavo con Fernando.

Me pareció formidable. Un duelo mexicano en la casa de un embajador. Todos apuntándose con las pistolas hasta que alguien se puso nervioso y comenzó la fiesta. Disparos y caos. Muebles manchados de sangre. La policía trasladando tres cadáveres en picops. Un herido curándose en un hospital universitario, mientras entierran a los otros tres y el sobreviviente paga en Visacuotas su recuperación. ¿No es maravillosa la vida?

Fernando añade a la historia y me cuenta que su cliente se dedica por oficio al tumbe de drogas. Que a él le daba una curiosidad inmensa por saber si cuando ejerce su profesión está bajo los efectos de alguna. Pero que su cliente ha sido enfático en decir que no, que no las usa.

—¿Se lo preguntaste?, le digo a Fernando.

—Sí, y me contó una historia: Una vez él y sus cuates tumbaron un cargamento en la carretera hacia

El Salvador; era de noche, ellos se conducían en una Explorer y los otros tipos en un Hilux. Más o menos a la altura de Santa Rosa, con el camino despejado, decidieron actuar y sacaron la bazuca para darle un pepitazo al picop que salió reventado a la orilla de la carretera. Se detuvieron a su lado. En el Hilux iban tres tipos, dos ya fallecidos del bazucazo. Al que estaba medio muerto le hicieron hincar mientras tomaban los paquetes de droga del picop para subirlos a la Explorer. Se le ocurrió que el tipo podía ser útil para darle velocidad al trámite. Entonces le ordenaron que sacara los paquetes y los cargara en la camioneta. Había unos en el motor, escondidos, y también los agarró dando de gritos porque se quemaba las manos. Hizo lo que tenía que hacer y les suplicaba que no lo mataran. Les había sido útil, pero no iba a serlo más, así que le disparó en la cabeza. Y no estaba drogado. Solo es la pura emoción del momento. Eso es.

A Fernando le brillaban los ojos, como encendidos en una furia tremenda al terminar de contar esa historia. Le di mi último sorbo al whisky, que empezaba a calentarse con tanta distracción, y me di cuenta de que afuera la tarde se perdía en las inmensas comisuras del tiempo.

# 5 de noviembre

Edna Zarco, nuestra jefa, nos pidió que estuviéramos temprano en la fiscalía. La única que siempre llegaba tarde era ella, así que de inmediato entendimos que esa solicitud era más un recordatorio para ella misma que para nosotros. Era muy fácil ver que le importaba poco el trabajo y que evitaba a toda costa tomar responsabilidades. A veces también pensaba que debía algunos favores y los iba pagando. Siempre tuve la duda. Nos mandaba a las audiencias a las que ella debía ir. Éramos Claudia, Francisco y yo quienes poníamos la cara.

Le gustaba hacer chistes sucios frente a nosotros o llevar a su hijo para que lo cuidáramos mientras ella estaba encerrada en su oficina. Era bastante común que lo hiciera. No se me ocurriría peor lugar para llevar a un niño que a una oficina fiscal en donde se investigan delitos de abuso sexual infantil, pero la licenciada Zarco no lo tenía en el radar, y eso era una clara señal de que poco le importaba lo que ahí ocurría.

De cualquier modo, estuvimos ahí temprano como nos lo pidió. Llegué desvelado porque Joaquín se despertó a medianoche y no paró de llorar en la madrugada. Estaba enfermo del estómago. Lo había dejado dormido en casa de mis tías y luego en la fiscalía me moría del sueño, así que me hice un café instantáneo en la cocineta, y me puse a ver el patio iluminado por la luz de la mañana. Vi que llegaban guardaespaldas y esperaban de pie frente a la puerta la llegada de alguien importante. La licenciada Zarco entró, tarde, como siempre, se escabulló entre la seguridad que ya estaba ahí y se metió rápido a su oficina.

Luego llegó más gente y de pronto el fiscal general de la República y jefe del Ministerio Público, el licenciado Juan Luis Molino. Nunca le había visto en persona, solo por la televisión. Entró con su saco negro, elegante, y un séquito de abogados y asistentes que le acompañaban. Rápido nos mandaron a todos a concentrarnos en el patio de aquella casa vieja que llamábamos sede fiscal.

Mynor, Claudia, Francisco, Nebira, todos salimos a recibir al señor fiscal a quien saludamos de mano, y serio nos decía buenos días, mucho gusto. Ronald, otro compañero, se presentó con su camisa de cuadros y sus jeans. Molino lo vio de pies a cabeza y esperó a que se pusiera frente a todos para decirnos lo siguiente:

—Si algo quiero cambiar del Ministerio Público es la actitud del personal. No sé ustedes pero yo, si veo a alguien así, vestido sin corbata, con los zapatos sucios, no me siento bien atendido en la institución. Quiero por favor que a partir de mañana todos vengan con corbata y con los zapatos bien lustrados; quiero que los agentes fiscales supervisen que se cumpla.

Todos estábamos en silencio mirando a Molino y a Ronald, rojo de pura vergüenza. La licenciada Zarco nos miraba, como verificando que atendiéramos la instrucción. Luego Molino empezó a decirnos que con la finalidad de modernizar el Ministerio Público había terminado ya el edificio central que dejaron atrás las otras administraciones. Por lo tanto, la Fiscalía de delitos contra la vida, que ahora ocupaba un edificio viejo, se trasladaría a las nuevas instalaciones y nosotros nos instalaríamos en el edificio que dejarían.

Así que debíamos empezar a empacar las cosas, porque este traslado correría por cuenta de nosotros con el apoyo de unos camiones contratados para llevarse los muebles, las evidencias y los expedientes que debíamos empacar cuidadosamente. Esas eran las instrucciones de Molino. Estar con los zapatos lustrados, llevar corbata y trasladarnos. Afuera de la fiscalía unos niños que estaban citados miraban hacia dentro con mucha curiosidad. Esperaban bajo el sol a que todo aquel alboroto terminara y los pudiéramos atender.

La licenciada Zarco dio unas palabras de agradecimiento al fiscal general por visitarnos en la sede, algo que nadie más había hecho, y por buscarnos un lugar mejor. La gente aplaudió, incluyendo a Ronald con sus jeans y sus zapatos sucios. Mientras la comitiva salía, la gente citada empezaba a llenar las sillas de espera y las agencias contando sus historias de abuso.

# 13 de diciembre

Terminamos la mudanza hacia el nuevo edificio. Está al lado de la iglesia de Capuchinas y el Teatro de la Universidad Popular. Es un edificio pequeño, de anchas columnas, con vista hacia el Centro por el lado norte y por el sur hacia un jardín interior ocupado por un árbol frondoso y hacia un patio, en el que hay un comedor a donde llega doña Lili a vendernos almuerzos como lo hacía antes en su casa.

Nos habremos tardado dos días vaciando las oficinas de los expedientes que cada uno tiene asignados, guardados en esos archivos metálicos negros y beige, que trasladaron uno a uno hasta la nueva oficina. El lugar es finalmente un sitio adecuado de trabajo; dejó de ser el salón de una casa de abuelos tomada por la fuerza. Estoy sentado al lado de la oficina de la licenciada Zarco, que ahora es mucho más pequeña. Es más, ahora viene a diario porque acá no estamos en el abandono de las autoridades, sino que todos los días hay que pasar marcando la tarjeta de asistencia en la entrada desde donde nos observan dos personas: la encargada de dar información y contestar la planta y el agente policial que custodia el ingreso y a su vez anota quiénes llegan y quiénes no.

Está ahí y no hace mucho. Llega temprano y se sienta a escribir en su computadora como si revisara algo importante y luego, al mediodía, suele desaparecerse cuando dice que va a tribunales. Lo único realmente importante que hizo ese día fue ir a un debate de un caso antiguo que se llevaba en la agencia. Lo tenía asignado Claudia y, antes de ella, otras personas que entiendo ya no estaban en la fiscalía. Una de las cosas que sé del caso es que se trata de niños robados y que jamás aparecieron.

El otro día Mynor y yo almorzamos abajo, en el comedor del patio, y me contó la historia. En el hospital Roosevelt se descubrió una banda de roba niños que operaba de una manera más o menos sofisticada. Dos enfermeras y un par de médicos estaban confabulados. También unas funerarias. El Roosevelt es un hospital público al que suelen acudir quienes no pueden costear un centro privado o no están cubiertos por el Seguro Social. Cuando los recién nacidos mueren, es común que los padres no quieran hacerles un funeral por falta de recusos. Aprovechándose de ello y de la escasa preparación de algunas personas, a una enfermera se le ocurrió una brillante idea, quizás tentada por una red de traficantes de niños: que a los recién nacidos que morían sin que fueran reclamados sus cuerpos los guardarían en el congelador de la morgue. Ellas engañarían a algunas madres diciéndoles que sus hijos habían muerto, enseñándoles como prueba, si lo pedían, uno de los cadáveres congelados. Así podrían disponer libremente de los niños vivos, y entregarlos a las redes de adopciones ilegales. Guardaron en ese congelador más o menos una decena de niños que fueron descubiertos por un médico que terminó denunciando el hallazgo.

Allanaron el hospital y encontraron los cadáveres, que llevaban ahí buen tiempo. Esto fue el inicio de todo, me cuenta Mynor. Erick, el auxiliar fiscal que tenía el caso, se fue a buscar a las funerarias para hallar indicios de que también estuvieran fingiendo entierros con cajas vacías. Porque aquellas veces en las que los papás sí querían hacer el entierro el engaño debía llegar hasta ahí. Detuvieron a los responsables en el hospital y a la gente de las funerarias. Era necesario realizar pruebas de ADN pero en Guatemala no hay un laboratorio especializado, todo se hace en España, de manera que no se pudo. También secuestraron como evidencia los libros de registro de nacimientos del hospital que ahora estaban en la oficina. Por eso me dijo Claudia que a veces llegaba gente que el hospital enviaba a pedir los registros porque ahí tenían los libros. Pero Claudia no había podido hacer mucho más.

Además de que no teníamos acceso a practicar pruebas de ADN de los niños, teníamos otro problema: nadie quería investigar si sus hijos habían muerto o si los habían robado y vendido para quién sabe qué fines, preferían no saber si alguno de los congelados era su hijo, porque era desesperanzador resucitar un muerto para volverlo un desaparecido, por lo que no hubo colaboración de los padres en el último año. Nadie quiso escarbar en esa herida. Era demasiado escandaloso imaginar que un padre pudiera pensar que su criatura no había muerto y que el duelo no había sido cierto. Es más, que era posible que hubiese sido robado por una red de traficantes, que no se sabe para qué fin se lo llevaron. Podía ser para vendérselos a una pareja que quiere tener hijos, o para extraerles los órganos y hacer trasplantes o para que ocurran una cantidad bárbara de cosas oscuras a las que nadie quiere hacerles frente ni siquiera como mera posibilidad. Por eso todas las puertas se cerraban e iban quedando solo las pistas sueltas de niños congelados a quienes no sabríamos si les correspondían los nombres que les identificaban o si eran falsos, como la historia que se habrían de haber inventado las enfermeras y los médicos involucrados para su negocio, el de vender personas.

Diez cadáveres que finalmente fueron enterrados, una auditoría más o menos exhaustiva en el hospital y mucha gente confundida, esos eran los resultados del caso que trajo más dudas que respuestas y que la licenciada Zarco aprovechó, dadas las ambigüedades, para cerrarlo en tribunales durante el inicio del juicio. Cuando empezó el debate, solo se hizo por las faltas a los protocolos, las omisiones en los registros. Por el mero hecho de quedarse con cadáveres de niños en el congelador. Por trámites administrativos, pero no por la posible venta de los vivos.

Sin embargo, para Zarco no había caso y decidió que, en contra de cualquier sentido común y del propio proceso penal, se cerrara, archivándolo durante el juicio. El Tribunal de Sentencia la reprendió por hacerles tal solicitud, pero que no tenían de otra, dijeron, porque si la misma fiscal no quería seguir el proceso porque no tenía pruebas para qué gastarse en el debate. Para qué, si solo eran diez cadáveres congelados de niños que a nadie le importaban. Así que cerraron el caso. Eso fue, ahí acabó. Todos lo supimos hace unos días. Por eso me contó la historia mientras almorzábamos en el patio bajo aquel frondoso árbol. También porque a él sí le importaba. Y ahora a mí también, pero eso era ya irrelevante. Nada se podía hacer.

Esa tarde pasé pensando en esos niños y en sus padres. También en Joaquín que estaba ahora con mis tías, y lo tenía que pasar a traer al salir. Mientras, me inventé un oficio que ir a dejar a las oficinas administrativas y salí rumbo a un café sobre la 8ª. Avenida donde me fui a refugiar en el silencio de la barra que me permitía estar ahí de modo invisible. Había un ruido tremendo o al menos así lo sentía: las tazas sobre las porcelanas, las cucharas moviendo el azúcar, la máquina de expresos haciendo vapor, la caja cobrando y la música que salía de los altavoces de cada esquina con canciones románticas del pop en español. Una parvada de viejos estaba en las otras mesas discutiendo de política. Algún que otro asistente del Congreso rondaba por ahí. Unos abogados leían el periódico y yo en silencio los miraba a todos, como una bomba a punto de estallar.

Nunca me había sentido tan inútil. Y todo lo que podía hacer era tomarme a sorbos el café que hervía y dejar pasar la hora que faltaba para poder irme a casa. A lo mejor podía lustrar mis zapatos con los niños que andan en ese oficio por la avenida, para darle gusto al señor fiscal general. Podía hacer cuentas de cómo usar mejor mi dinero porque decían todos que había casas al precio de lo que pagaba de alquiler. Pero realmente no hice nada, sino desear ser uno de esos viejos retirados que abandonaron toda vanidad y se sentaban en las mesas a hablar de política como enterados de que nada pueden hacer para cambiarla sino solo discutir por discutir. Como Horacio y yo hablando de leyes y casos. Bien podría llamarlo ahora mismo y llevar yo la botella de whisky a su oficina. Pero realmente no tenía ganas de beber, sino de estar en casa y abrazar a Joaquín. Dejarme sentir que hay otra vida lejos de esta que parece consumirlo todo de a mordidas.

Me terminé el café que me duró cuarenta minutos hasta que los últimos sorbos estuvieron fríos y me devolví a la oficina solo para apagar el computador. La licenciada Zarco se había ido antes. Tomé el auto para la casa de mis tías y conduje lentísimo. Pasé por una zona de cantinas y prostitutas baratas, de ventas de artefactos de baño usados, por un cuartel y un barranco lleno de covachas que iban apoderándose de las laderas como pedazos de ciudad cayendo en el precipicio. Llegué por Joaquín, lo subí al auto y manejé a casa. Acomodé a mi hijo en la sala donde jugué con él un rato haciéndole cosquillas o mostrándole un pequeño piano que tenía teclas que se iluminaban cuando uno las oprimía.

Lucía llegó a casa.

—¿Cómo te fue?, pregunté.

—Bien, un día bastante normal. ¿Y a ti?

—Pues igual, le dije, incapaz de contarle todo aquello, porque no podía. Lo que sentía primero era una inmensa rabia y luego una vergüenza aún mayor.

Lo que sentía era el mismo asco del primer día que me sobrepasaba. No dije nada y le ofrecí de cenar. Comimos en la sala los dos, mientras Joaquín decidió dormirse temprano. Entonces subimos a ver el televisor al cuarto, Lucía y yo, tumbados en la cama, mientras yo la abrazaba muy fuerte como queriendo pedir ayuda pero sin atreverme.

Solo pude asirme a ella, que pensó que quería coger. Me besó con dulzura y se puso sobre mí, sonriendo, con toda su belleza en pleno esplendor. La desnudé de a poco y yo hice lo mismo, hundiéndome en ella como si ahí fuera posible lavar con deseo y amor todo lo horrible del mundo. Y se podía, se podía todo ahí, juntos los dos, alcanzando desesperadamente el aire, mientras caímos rendidos en el sueño profundo del descanso después del sexo. Abrazados, desnudos, con los cuerpos calientes, mientras la noche cubría la ciudad otra vez en el misterio.

Y dentro de ese misterio una flor de duda sembrada en el centro: dónde están esos niños. Dónde. De respuesta el silencio, aguantar la noche y mañana levantarme a dar otro golpe, con la fuerza que me dejen, donde me dejen, a quien me dejen, si se puede, con los zapatos lustrados y la corbata puesta. Esto es ya lo que soy, Lucía, en esto me convertí. Perdóname, mi amor.

## 24 de diciembre

Era nochebuena y con Lucía decidimos pasarla en casa con Joaquín y nadie más. Lo mínimo y lo doméstico nos pareció mejor idea, con el niño tan pequeño, que se duerme y despierta a placer y que seguro no se entera de nada. Pensamos que era un sinsentido hacerlo ir y venir de otros sitios a casa, cuando podía estar plácidamente en la comodidad de su cuna al tiempo que nosotros pasábamos el rato viendo televisión en pijama.

Estábamos en la sala, bajo una cobija. Joaquín dormía y afuera los niños jugaban con la pólvora de los volcanes de la pirotecnia que sacan una erupción de chispas multicolor. Había risas, estallidos, música en las casas vecinas, mientras nosotros nos reíamos con una comedia que hemos vistos decenas de veces.

Poco queda de nuestros salvajes primeros días juntos, o más bien, de nuestras primeras noches juntos, en las que parecíamos entregarnos a algo infinito, la enorme figura de nuestro deseo. Vivíamos al filo uno del otro, como dos cuchillos que se juntan en combate.

Así fue desde la primera vez que salimos, cuando me fue a traer a casa, porque decía que, si se aburría en la cita, se iría así nomás. Yo había reservado una mesa en el balcón de un restaurante. Era una mesa redonda, pequeña, que daba a una calle peatonal, rodeados de hiedra, en una casa vieja, como un palacete. Me gustaba porque volvía la distancia entre nosotros una nada. La mesa hizo lo suyo y funcionó como lo esperaba: Lucía conversaba y tenía de cerca el primer plano de sus gestos. Notaba cómo nos veíamos, las ganas encerradas en todo lo que no se dice con palabras. No recuerdo bien de qué conversábamos, o lo recuerdo vagamente: viajar a otra ciudad, ir a algún bar, daba igual. Lo que sí recuerdo es que dije una frase algo así como sentir tanto que cala hasta los huesos. Y ella repitió la frase, dos o tres veces mientras me acerqué a darle un beso. Entonces vino el estallido, las ganas precipitadas, las ansias.

Soborné al mesero con una generosa propina para que nos dejara estar un poco más después de la hora del cierre y nos seguimos besando con el hambre de quien se conoce por primera vez en esa intimidad rotunda. Lucía me llevó a mi casa por la ruta más larga, mientras aceleraba su auto. Empezó a saltarse los semáforos en rojo en una larga avenida y, mientras pasábamos a toda marcha en esa especie de ruleta rusa, me preguntó con una sonrisa diabólica si me daba miedo y si me moriría ahí con ella.

Estaba seguro de que Lucía jamás en su vida había oído a los Smiths así que aquella pregunta era pura espontaneidad de la que te explota como confeti en la noche. Dije sí, claro, cómo no iba a hacerlo si morirme era algo en lo que pensaba constantemente en aquellas noches de juventud y rabia, pero ahora hacerlo con ella sería una ganancia.

Muy poco queda de esas noches ya. Ahora todo es la extensa dulzura de la calma: niños jugando afuera con la estridencia de la pólvora mientras nosotros esperamos la medianoche bajo el resguardo de nuestra compañía.

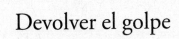

Devolver el golpe

## 10 de agosto 2007

Estaba en la oficina escribiendo una tesis para Mariela, una amiga que estudió conmigo la carrera y está por graduarse. Hace unos días hablábamos de su futura graduación y me dijo que redactar ensayos no era lo suyo, que si yo no había pensado en escribir trabajos de investigación para otros porque recordaba que me gustaba hacer eso en la universidad. Yo le dije que, si era para ella, pues que lo haría, pactamos un precio y listo.

Con ella vinieron otros dos estudiantes que se habían examinado meses atrás a pedirme lo mismo. Así que ahora lo había convertido en una fuente de ingresos extra, que con los gastos de Joaquín me venía de perlas. Por cada tesis cobraba lo que me pagan en un mes en el Ministerio Público, que son más o menos unos mil dólares. Era un buen negocio.

Mientras atendía los casos, hacía tiempo para escribir sobre los contratos laborales en el deporte, o sobre las garantías mobiliarias. Igual los fines de semana, cuando Joaquín estaba dormido y Lucía miraba el televisor, me ocupaba de ir llenando hojas de información que a nadie le servirá, porque nadie leerá estas tesis, salvo su autora y los revisores. Todo será olvidado. Esa es la fortuna de esto que escribo mecánicamente.

La asistente de notificaciones acaba de subir a la oficina a dejarnos las denuncias nuevas que recién entraron. Paquetes de documentos que reparte por cada escritorio y, al llegar al mío, me entrega un informe policial distinto a los comunes por su extraordinario contenido. Es una llamada al 110, el número de la policía.

Lo recibo y empiezo a leer. Lo redactó el agente que recibió la llamada, y cuenta que un denunciante anónimo relató que en la Zona 7 de la ciudad y en la Antigua Guatemala hay un par de casas a las que van a dejar recién nacidos con frecuencia. Además, la persona que llamó dijo haber visto que llegan autos constantemente a entregar pañales y leche. Mujeres llegan y se van. Asume el testigo que son las madres de los niños, y usualmente las ve llorando. Otras veces, dice, ve parejas de extranjeros llegar a traer a los niños e irse con ellos. Parece que es una cosa grave.

Hace unos meses vinieron dos abogados de una ONG que trabaja con niños y adolescentes. Uno de ellos me explicó que en el 2005 modificaron el delito de Trata de Personas y que ahora incluía una sanción para aquellos que tramitaran adopciones irregulares. Quise saber más. Conseguí el manual de procedimientos sobre cómo investigar estos delitos y entendí que se trataba de casos en los que la voluntad de la madre, al dar a su hijo en adopción, era influenciada por un pago, o bien casos en los que directamente le habían robado a su hijo. En resumen: era la compra o robo de niños.

Cuando leí la denuncia supe de qué iba la cosa. Dejé lo demás en espera y me puse a trabajar. Tenía las direcciones; tocaba ir a ubicar las casas. Llamé a los agentes en servicio para que fueran inmediatamente. Creo que estaban contentos de irse a la Antigua, porque iba a ser un paseo de todo el día. Luego me puse a repasar otra vez la instrucción sobre adopciones: qué buscar, qué esperar, cómo averiguar si la madre había sido coaccionada para dar a su hijo.

Es una mañana de viernes, así que lo que casi todos están pensando es en irse a descansar. Fui a la oficina de la licenciada Zarco para contarle sobre este nuevo caso. No le puso demasiada atención, salvo cuando le dije que necesitaría dos grupos para ir a allanar entre hoy y mañana.

—¿Mañana sábado?

—Sí, licenciada, deberíamos ir ya.

No muy contenta, me ofreció hablar con la gente de la agencia de Mynor y conseguirme algunos otros auxiliares fiscales y los dos autos que estaban disponibles. Me basta con eso, pensé. Me quedé trabajando en las nuevas denuncias y luego en las tesis durante mi hora de almuerzo, a riesgo de manchar las denuncias con la comida.

Empezando la tarde tenía listo el informe de los policías que fueron a las direcciones: confirmaron que existían y que la gente de los alrededores que entrevistaron atestiguó que llegaban muchos niños recién nacidos y personas extranjeras.

La casa de la Antigua era una construcción enorme que parecía una fortaleza. Lo vi en las fotos blanco y negro que estaban puestas en el informe, de baja resolución, e impresas aún con la más antigua de las impresoras. Parecían juegos de sombra y luz que apenas dejaban distinguir las formas de dos casas que al día siguiente por la mañana estaríamos allanando.

El plan era sencillo: la casa de la Zona 7 la allanaría un grupo dirigido por Mynor y otros auxiliares y la casa de la Antigua Guatemala yo, junto a dos auxiliares más. Deberíamos pedir los allanamientos en los juzgados de Paz. Mynor se encargaría del suyo y yo iría al juzgado de la Antigua.

Quedamos todos de vernos a las cinco y media de la mañana. Teníamos ya los documentos y los equipos policiales listos para acompañarnos. En el último año había hecho más de una veintena de allanamientos, este solo sería uno más. El éxito requiere tener todo ordenado en un documento y explicar adecuadamente a la gente. No se trata de otra cosa más que eso. Ser un guía en medio del caos de las armas y las puertas cayendo a patadas. Hacerse el duro, encontrar la fuerza, imaginarse inquebrantable.

La tarde caía, la hora de irse a casa estaba cerca y yo listo para ir mañana a buscar a estos niños, para hallar lo que fuera. Pero antes debo contarle a Lucía que otra vez no podré estar con ellos en un día de descanso. Tengo que trabajar. No apartar la mirada del caso.

## 11 de agosto

Otra vez el despertador sonó en la madrugada. Me levanté a las cuatro y para espabilarme me metí de inmediato a la ducha tratando de hacer el mínimo ruido para no despertar a Lucía y a Joaquín, que dormían sin enterarse de que es sábado y tengo que ir a trabajar.

Me vestí con el mismo cuidado de no molestar y, luego, bajé a tomar una galleta de soda de la alacena para comer algo antes de salir. La abrí en el sillón de la sala y esperé a que Mynor llegara por mí. Veo las luces del picop por la ventana de la sala, así que tomo las cosas y salgo al jardín.

Ya en la fiscalía ordené todo junto a los demás; esperando a que llegaran la policía y el equipo de recolección de evidencias, me preparé un café instantáneo en la cocineta improvisada de la oficina que no es más que un escritorio con algunas cosas guardadas en una gaveta. Tomé unos tragos y bajé a hablar con los policías que ya habían llegado en dos patrullas. Les expliqué que iríamos a hacer un allanamiento para investigar un caso de adopciones. No sería necesario ponerse demasiado violentos. Quedamos en irnos en media hora; los agentes aprovecharon para ir a la venta de la esquina donde una mujer servía desayunos que sacaba de un canasto.

En unos cuarenta y cinco minutos estábamos en Antigua Guatemala. Buscamos el juzgado de Paz, ubicado en una casa. Nos recibió un oficial que parecía estar despertando, aún con el bostezo completo.

Le expliqué que necesitábamos una orden de allanamiento. Le mostré los informes policiales, con las fotos del lugar y la bitácora del agente que investigó el caso. El hombre revisó los papeles con pereza y luego me dijo que me sentara a esperar.

—¿El señor juez está?, pregunté.

—No por el momento, pero no se preocupe, ahora le tramitamos sus órdenes, me deja hojas en blanco firmadas para que todo sea más rápido, solo lo voy a llamar, me contestó.

Entendí que no iba a darnos un no por respuesta, sino que solamente imprimiría las órdenes en las hojas en blanco con la firma del juez y así lo hizo.

Media hora más tarde tenía en mis manos las resoluciones para poder ir a ejecutarlas. Salimos con los policías y el equipo de recolección de evidencias hacia la dirección de la casa. Era una colonia a las afueras de la Antigua al lado de la carretera hacia Ciudad Vieja. A pocos metros del camino hallamos el punto: una construcción de dos niveles, color zapote, que parecía una fortaleza disfrazada de casa colonial. Eran las ocho y media de la mañana. Estacionamos la patrulla, el carro de evidencias y nuestro picop enfrente de la casa. Les pedí a los agentes que la rodearan y que uno me acompañara a la puerta.

Toqué el timbre y la voz de una mujer me contestó el saludo. Le expliqué que veníamos a hacer un allanamiento y le pedí que me abriera. Un minuto más tarde, la puerta se entreabrió dejando ver a una señora de unos cuarenta años, vestida de enfermera, mirando con desconfianza hacia afuera. Se asustó al ver a los policías.

Por favor abra, le dije. Me contestó que antes iba a llamar a su patrón. Entonces empujamos la puerta y le pedimos que nos acompañara, que no le estábamos preguntando, sino que era una orden, y que le dijera a todos los adultos del lugar que se tenían que reunir en el salón al lado de la entrada. Se escuchaban llantos de niños. Cuatro mujeres estaban a cargo de todos los niños, que según me dijeron ellas eran alrededor de cuarenta. Es decir, si se los repartieran equitativamente le tocaban diez a cada una. Una vez reunidas en el salón le pedí a la mujer que me abrió la puerta que me acompañara a las otras estancias de la casa. Fuimos revisando habitación por habitación y en efecto fuimos encontrando a los niños, que iban desde los tres años los más grandes hasta algunos recién nacidos.

Entonces les ordené que me mostraran los papeles de cada uno de los niños. Me dijeron que los tenían las abogadas.

—Quiénes son, pregunté.

—No sé el nombre de las licenciadas, solo el número de teléfono. Si me deja, las llamo para que vengan.

—Llámelas, dije, señalándole el teléfono que estaba en la habitación.

Se acercó a él y marcó el número.

—Licenciada, fíjese que acá está la policía y me están pidiendo los papeles de los niños, suplicó. Por favor venga y les explica. Colgó y me miró desesperada: Dice que ya están cerca, que les avisaron los vecinos porque vieron las patrullas.

Les requerimos a las mujeres que siguieran atendiendo a los niños en lo que venían las abogadas. Me senté a pensar qué íbamos a hacer si no tenían los papeles. Aquello iba a ser un desafío. Deberíamos llamar a la Procuraduría General de la Nación para que los rescatara. Pero a dónde los iban a llevar, si cuarenta y seis niños, que eran los que había en esa casa, no podrían ser colocados fácilmente en otra casa hogar, menos en las públicas.

Transmití mi preocupación al resto del equipo y me dijeron que iban a llamar a la Procuraduría para que se alistaran. Luego empecé a revisar mentalmente qué papeles debería requerirles a las abogadas, quizá comenzando por la autorización de funcionamiento de la casa cuna.

Más tarde Mynor se nos unió y con él empezamos a entrevistar a las mujeres para ganar tiempo. Una por una las fuimos llamando a la oficina donde nos instalamos, que seguramente era el lugar que usaban de administración. Sabían poco, eran parcas en sus respuestas y parecían muy preocupadas. A lo mejor y eso era porque algo les decía que lo que ocurría en esa casa no era del todo normal. Esas cosas que se saben, pero no se hablan. Y ahora, frente a las autoridades, tenían claro que si hablaban, se iban a quedar sin trabajo. No era difícil adivinar la primera razón de su silencio.

Les preguntamos si sabían quiénes eran las madres de los niños que estaban ahí y nos dijeron que no las conocían, que solo se los daban a cuidar sin contarles mucho y que se los llevaban luego los padres adoptivos, que usualmente eran extranjeros, cuando las licenciadas ya habían conseguido los papeles de autorización. Que además la casa era de un señor gringo que estaba casado con una chapina. Que este señor llamado Phil era quien las había contratado pero que ahora mismo no estaba en Guatemala sino en Estados Unidos, y que las licenciadas les llegaban a decir qué niño se entregaba a qué papás cuando llegaba la hora.

La casa hogar se llamaba Quiroa, un nombre que sonaba mucho en la Antigua y a la gente de fuera se le hacía bonito decirlo. Ese fue el último dato que obtuvimos. Nada más. Hasta que llegaron las abogadas. Eran dos mujeres de unos treinta y cinco años que parecían muy apuradas. Traían consigo un sinfín de fólderes de todos los colores que al nomás entrar a la casa se afanaron en poner sobre unas mesas que estaban libres. Nos pidieron ver las órdenes de allanamiento y se las mostramos. Las revisaron muy rápido. Parecía como si no entendieran de qué se trataba sino más bien que era solo un protocolo que tenían que cumplir.

Entonces les pedí el expediente de cada niño y los empezaron a separar en grupos. Les tomó un buen tiempo hacerlo. Cuando juntaron los grupos de papeles empezamos a revisar uno a uno la manera en que ampararían legalmente la estancia de los niños en el lugar. Eran expedientes muy escuetos, algunos con hojas firmadas en blanco por las que se suponía eran las madres de los niños. Iniciaba con un acta en la que la madre hacía constar ante un notario que entregaba al niño. Por otro lado, me hacía dudar de que todas estuvieran realmente conscientes de lo que significaba aquel proceso. La mayor parte de las actas no estaban firmadas, sino que habían impreso las huellas dactilares porque las madres no sabían leer.

No sé si alguien que no sabe leer entienda lo que significa una adopción. Eso lo tendríamos que averiguar entrevistando a las madres. Estaba plenamente consciente de que el allanamiento sería solo el inicio de una investigación mayor. Averiguar el origen de estos cuarenta y seis niños, comenzando por el mayor de los misterios: el más pequeño, que tendría unos días de nacido, no tenía partida de nacimiento ni nada que lo pudiera identificar. Las abogadas decían que la madre tenía que llegar a firmar los documentos en estos días, que la podían localizar.

Les pedí que se quedaran en la habitación ordenando los últimos papeles y me fui a hablar con Mynor. Teníamos que tomar una decisión: llevarnos o no a los niños, detener o no a las abogadas y a las cuidadoras. Para que una casa hogar pueda funcionar, debía estar autorizada por la Secretaría de Bienestar Social de la Presidencia y aquella no contaba con esa autorización.

Además, otro problema saltaba a la vista: un proceso de adopción no comienza con la entrega del niño sino que más bien termina con ella. Se suponía que las madres esperaban a que hubiera una sentencia de adopción, aun siendo un proceso delegado a los notarios, para entregar a sus hijos a los nuevos padres. Acá todo era distinto: las madres daban a sus hijos, firmaban unos papeles y se desentendían del niño. Quedaban bajo el cuidado de personas extrañas, temporalmente, hasta que hubiera sentencia, y lo pudieran tomar consigo los padres adoptivos. De hecho, nos contaron las cuidadoras que las parejas venían y se quedaban en la casa de al lado y ahí les entregaban a sus hijos mientras durara el proceso de adopción para que se empezaran a adaptar.

Saqué mi código penal y revisamos el delito. Aquello parecía ser trata de personas, un delito que se acababa de reformar y por el que no había ninguna sentencia aún por adopciones irregulares. Con Mynor pensábamos en los niños robados del hospital, esos a los que sus madres creían muertos porque les enseñaban un cadáver congelado de otro niño. Decidimos que teníamos que hacer algo en este caso: nos llevaríamos a los niños. Llamamos a la Procuraduría General de la Nación, que ya había gestionado con seis hogares distintos para poder recibir a los niños ese mismo día. Cuando llegaron nos dimos cuenta de que afuera había un alboroto. Alguien había llamado a la prensa, supongo que los mismos policías que nos acompañaban, que solían recibir una recompensa monetaria por darles las primicias a los periodistas.

No solo medios locales sino también internacionales. Vimos unas cámaras de Univisión y CNN. Un montón de flashazos nos atacaron cuando abrimos para que entrara la PGN. Eran solo dos trabajadoras sociales y una psicóloga en una camioneta. Les pedimos que revisaran a cada niño antes de sacarlo. Las cuidadoras les empezaron a alistar sus papeles, que incluían una tarjeta de salud de un médico que llegaba a revisarlos y aplicarles las dosis de las vacunas que correspondían a la edad.

Luego sacamos una copia de sus partidas de nacimiento y empecé a levantar el acta de la entrega de los niños, algo que nunca habíamos hecho, pero se nos ocurrió que era preciso. Me dolía la mano cuando terminé de escribir como treinta páginas de cada lado, en las que detallaba el allanamiento para que constara en acta. Dieciséis horas después de haber empezado, a las diez de la noche del sábado, firmamos el acta y le pedimos a la policía que condujera a las dos abogadas al juzgado. Salimos entre la multitud de periodistas que lanzaban preguntas que nadie quiso responder. No teníamos intención de figurar en nada, sino que se terminara todo lo más pronto posible. Nosotros mismos teníamos dudas: era el primer caso que tratábamos de adopciones irregulares.

La policía se llevó en la patrulla a las mujeres hacia el juzgado de Paz, que sería el que les haría saber el motivo de su detención y luego las enviarían al juzgado de Primera instancia penal, narcoactividad y delitos contra el ambiente de Sacatepéquez, para que conociera de la primera declaración. De eso me enteraría el lunes. Lo único que quería en ese momento era volver a casa y ver a Joaquín. Saber cómo había sido el día de Lucía, estar en casa, encender la televisión, cenar un sándwich, pensar que había otro mundo distinto a este.

El regreso lo hicimos solo nosotros en el picop y la unidad de escena del crimen que nos seguía. La carretera de noche ya tenía un poco más de tráfico; todo el mundo en la ciudad parecía haberse ido de fiesta a la Antigua.

Pensaba en los niños, especialmente en ese recién nacido del que no sabíamos nada, del que no tendríamos alguna posibilidad de identificar de no ser porque la gente de la casa hogar nos lo dijera. No se pueden imprimir huellas dactilares de los niños de esa edad porque no se les han formado. No había fotografías y si no registraron el nacimiento, jamás sabríamos quiénes eran los papás.

Mynor y yo estábamos perdidos en nuestras propias ideas, en silencio, sin la radio siquiera encendida. Hay alguna sensación de vértigo que te viene siempre después de hacer un allanamiento, como la de un salto al vacío. Acabábamos de aprehender a dos abogadas. Eso era una traición en nuestra profesión: ambos estudiamos Derecho y si alguna vez había un abogado metido en un caso, el dicho de la fiscalía es que entre gitanos no se leen las manos.

Estábamos los dos plenamente conscientes de que aquella sería una afrenta a la que tendríamos que poner el pecho. Pero Mynor no iba a doblarse ni yo tampoco. Y aunque no nos lo dijéramos, lo sabíamos y eso era suficiente para sostenernos. Tampoco Álex, el jefe de la Unidad, estaba tan seguro de la jefatura desde donde nos habían llamado varias veces con pre- ocupación.

La ciudad nos recibió con la soledad nocturna de las calles alumbradas por los faroles naranjas y los semáforos de luces amarillas intermitentes. Pasa- mos las largas avenidas de la Roosevelt, el Trébol y las calles del Centro hasta llegar a la oficina, donde solo subimos a dejar las cosas y cada uno volvió al auto. Mynor me fue a dejar a casa y le deseé feliz domingo. Entré y Lucía estaba otra vez dormida, Joaquín tam- bién. Les di un beso a ambos en la frente y luego me fui a preparar algo de comer. Pensé que sería oportuno mirar en la internet si había algo de Casa Quiroa.

Subí al estudio y encendí mi PC. Puse en el busca- dor el nombre de la casa hogar y encontré su página. Iniciaba con la historia de Phil Clifford, un nativo de la Florida que había llegado a Guatemala en una misión evangélica en el 97 y se había enamorado del país y de su gente. Queriendo ayudar a la población en pobreza extrema había fundado una casa hogar, llamada Quiroa, que ofrecía a los niños una nueva oportunidad de vida al darlos en adopción a padres estadounidenses.

La página tenía una sección de los niños que buscan padres y le di clic. De inmediato cargó una galería de imágenes de niños y niñas de todas las edades. Algunos tenían un sello rojo sobre su cara que decía ADOPTED para informar que el proceso de adopción ya había iniciado.

Al darle clic a la foto de cada niño, se desplegaba la lista de requisitos que se necesitaban cumplir y los tiempos de adopción: solo era cosa de contactar a Casa Quiroa y en menos de seis meses podrían venir a por el niño o alguien de la institución lo llevaría hasta su hogar en Estados Unidos.

Bajé todo el contenido de la página. Ya luego vería cómo lo iba a procesar como evidencia. Estaba seguro de que lo iban a borrar muy pronto. Lo guardé todo en mi disco duro y luego busqué noticias al respecto. Ya varios medios lo reportaban como una casa cuna clandestina. Había fotos del lugar, en algunas salíamos nosotros mientras detenían a las abogadas. Un medio publicaba que las abogadas habían pedido irse a un hospital porque se sentían enfermas. Así que el juez de Paz las envió a uno en la Antigua. Una movida clásica de los abogados para que sus clientes no guarden prisión preventiva.

Apagué la computadora y me fui a sentar a la puerta que daba del comedor al jardín trasero. Me serví un whisky y me lo empecé a tomar. Me sentía cansado, no daba más, pero no tenía sueño. Un vórtice de imágenes me rondaba por la cabeza: esos niños cuyas fotos aparecían en la página y que nosotros ya no encontramos en el allanamiento. Esas fotos con el sello de adoptados. Esa galería como oferta de productos en línea. Un Amazon de personas. Esa era la puerta que acabábamos de abrir.

## 13 de agosto

El día empezó movido en la oficina; vinieron varios abogados diciendo que iban a representar a las detenidas por la Casa Quiroa. Uno de ellos pasó a la oficina de la licenciada Zarco y le dijo que habíamos cometido un grave error al detener a estas abogadas que, además de inocentes, eran muy queridas por el gremio en Sacatepéquez. Que como el dueño de la casa hogar era un estadounidense tendríamos que ver qué hacíamos con la Embajada, que seguro iba a estar interesada porque muchos de los niños ya estaban por ser hijos de ciudadanos de aquel país.

Zarco solo asentía con la cabeza diciendo: Sí, mire, es que es un procedimiento, si se aclara todo, van a salir, casi disculpándose por lo sucedido. Les decía que era la policía la que puso la denuncia y que estábamos obligados a proceder, que no había sido que nosotros lo hubiéramos querido. Así estuvo hasta que el abogado finalmente se fue y entonces la licenciada me llamó a su oficina.

Me dijo: Mire, Gonzalo, no sé qué se les pasó por la cabeza cuando hicieron el allanamiento, pero va a tener que arreglarlo. ¿Cuándo es la primera declaración de las licenciadas?, me preguntó, casi reclamando. Le dije que en el juzgado me habían adelantado que probablemente en una semana, porque las dos detenidas seguían en el hospital. Pues mire qué hace para la primera declaración, pero no quiero tener problemas con estos abogados, me increpó.

Jódase, pensé, y me fui sin decirle nada. Inicié a recolectar toda la evidencia que obtuvimos: los expedientes de adopción, las fotografías de los niños, las cartas de los padres adoptivos, las fotografías que envió el equipo de recolección de evidencias y el vídeo de la casa. Lo ordenaba todo mientras en la oficina Mynor les contaba a los demás lo que habíamos encontrado.

Sabía que la cosa iba a ponerse densa. En la radio que teníamos prendida con las noticias estaban hablando del caso y entrevistaban a una abogada llamada Mariana Abarca. Era la presidenta de la asociación de notarios proadopciones. Su nombre me era familiar porque la había oído en la fiscalía por un caso que llevaba un compañero, Franklyn, una denuncia que puso una madre por el robo de su hijo. Se suponía que se lo habían robado personas cercanas a Mariana Abarca, así que Franklyn fue a buscarla a su casa y no encontró nada. Pero el caso se hizo famoso porque la señora después hizo que trasladaran a Franklyn a una fiscalía de la frontera con México o esa era la versión que circulaba en los pasillos.

Metía miedo, se sabía que tenía conexiones con la oficina del fiscal general y eso era una señal de alarma para no investigar nada relacionado con ella y si tocaba, más que investigarla, se le pedía el favor de que el asunto se resolviera por la vía amigable. Ahora, por ejemplo, en la radio, decía que era muy común que los fiscales no entendieran el proceso de la adopción, que ella se había tenido que enfrentar a un sistema que no era eficiente para poder atender a todos estos niños que necesitan un hogar.

Parecía muy convincente, era cuando menos bastante elocuente y sus argumentos parecían llegar al entrevistador tal como los exponía: una narración donde se victimizaba, como facilitadora del desarrollo ante un sistema que le impedía hacer cualquier otra cosa.

Entendí que estábamos entrando en territorio desconocido y hostil. Que este caso, el de la Casa Quiroa, no iba a ser fácil. Tendríamos que defendernos con tanta energía como con la que investigábamos. Y a lo mejor ese era el centro de todo, investigar con más precisión, con detalle, que nada quedara suelto. Era lo que nos convenía a todos.

## 20 de agosto

Las tensiones han subido en la fiscalía a causa del caso. Los abogados defensores se han dedicado a hostigar a todos los que participamos de la detención. Nos denunciaron en Asuntos Internos porque había un testado en el manuscrito original que no se leía en la copia. Nada fuera de orden, pero según ellos, un grave crimen. Hay uno, por ejemplo, que cada vez que llegaba levantaba un acta notarial de sus consultas. Si no me encontraba, también levantaba un acta diciendo que no le atendí.

Mi madre siempre me dijo que yo nunca perdía y que cuando perdía, como Jalisco, arrebataba. Quizá esa necedad es la que se requiere en esta época de trincheras, de circunstancias adversas, de recibir todos los días desesperadas reprimendas de la licenciada Zarco porque tiene miedo, porque le parece que no debimos hacer algo en este caso, de pensar que mañana será el día en el que finalmente una denuncia puesta en mi contra encuentre un camino y termine siendo yo el preso y no los que se roban a los niños para venderlos en páginas web.

Por ahora estoy seguro de que si están moviéndose tanto para detener la investigación es porque hay muchas cosas que no quieren que se vean. El otro día leí en las noticias una entrevista a la primera dama en la que decía que le preocupaba el asunto de las adopciones en el país y que creía necesario intervenir cuanto antes.

Guatemala se convirtió en el tercer país del mundo en el número de niñas y niños entregados en adopción, solo detrás de China y Rusia, pero si usamos la referencia de cuántas adopciones hay por cada cien mil habitantes, somos el primero. En el país, más de cuatro mil niños son dados a padres extranjeros cada año.

¿De dónde salen esos niños? De la infinita pobreza en la que vive la mayoría de los habitantes. De la miseria, del hambre, de la desesperación, del puro desconocimiento. De las mujeres obligadas a parir. Del abandono de las instituciones públicas. Del cóctel explosivo de circunstancias que hacen que vivamos en un sitio donde es posible sacar a más de 4,000 niños del país para que no vivan con sus padres sino con unos que les adoptan.

Pero estoy especulando y a lo mejor es lo que menos conviene en este momento, sino concentrarme. Recién salí de la primera declaración de las dos abogadas de la Casa Quiroa. El juez de Primera Instancia Penal de Antigua Guatemala nos citó a todos en la habitación del hospital donde estaban.

Ambas tenían puesta la cánula del suero, recostadas en sendas camillas en una habitación privada. No se veían enfermas, sino contrariadas. La noticia de su detención había dado vuelta al mundo y quizá eso pesó más que los ataques de sus abogados y su intención de influir en el caso incomodando al juez y haciendo que los fiscales estuviéramos bajo su asedio, porque la decisión fue que se iniciara el proceso en contra de ambas por sustracción de menores, un delito que no fue el que pidió la fiscalía, sino el de trata de personas, que tiene pena mayor y parece encuadrar mejor en los hechos que se investigaban.

El juez dejó que las abogadas salieran con una fianza, lo cual milagrosamente también tuvo incidencia en su recuperación inmediata. Menos de seis meses fue el plazo que nos dio el juez para completar la investigación; debería encontrar a los padres de los cuarenta y seis niños, entrevistarlos, verificar que los nacimientos hayan sido ciertos y correctos y luego presentar el resultado de las pesquisas. Menuda tarea me esperaba.

Inicié la semana pasada haciendo una base de datos en Excel de los nombres de los niños, dónde se suponía que habían nacido y quiénes eran sus padres. Encontré que la mayor parte venían de la Costa Sur. Alguno de San Marcos. Tres de la capital. Pedí las partidas de nacimiento al registro de las personas, pero cada registro está desconectado del otro y hay que ir uno por uno buscándolas, es decir, tendría que ir registro por registro, lugar por lugar, pidiendo las partidas de nacimiento de los niños.

Lo primero que tenía que hacer era conseguir un auto. La unidad en la que estoy tiene tan solo un picop asignado y servía para las tres agencias de cuatro fiscales investigadores cada una. Conseguirlo para usarlo más de un día era un logro. Hay que anotarse en unas hojas que tienen amontonadas en un fólder en la oficina de la jefatura. A veces es preciso solicitarlo con semanas de anticipación y ni así se lo garantiza uno. En alguna ocasión cuando me tocaba usarlo llegué y vi mi nombre tachado porque se lo había llevado alguien más. Así es la cosa acá, pero me anoté. Álex, el jefe, nos llamó a su oficina a Mynor y a mí; nos dijo que el despacho del fiscal general estaba interesado en el caso porque había levantado mucho revuelo en las noticias así que nos aseguraba al menos dos carros, dos pilotos y dos guardias de seguridad del Ministerio Público para que nos acompañaran. Bárbaro, nunca había tenido tanto. Entendí que acá la cosa funciona más o menos mejor cuando tu caso está en los medios, porque el fiscal general no quiere quedar mal y entonces algo de recursos adicionales te dan.

Me puse a hacer la ruta que debía seguir: Mazatenango, Retalhuleu, Quetzaltenango, San Marcos. Seis o siete municipios en cada departamento. Eso me iba a tomar dos semanas o tres. No iba a ser sencillo. En todo caso, nunca lo ha sido.

## 27 de agosto

Me arde el brazo derecho; el sol le ha pegado directo durante una hora y media de viaje en la carretera de la Costa Sur.

Bajé el cristal para sentir el viento. Una ráfaga con olor a azúcar invade el interior del vehículo. Vamos a unos ciento veinte kilómetros por hora en este cacharro viejo que me facilitaron, con todo y chofer y guardaespaldas, para conseguir las partidas de nacimiento de los niños y poder localizar y entrevistar a las madres sobre su consentimiento para darlos en adopción.

La vista es increíble. A veces, desde la carretera, el mar se deja ver confundiéndose con otro: el verde de las hectáreas cubiertas por la caña. Y de pronto, la vegetación se torna más exótica y los bosques de palos de hule adornan el camino.

Trato de pensar el destino en ese pueblo triste y ardiente llamado El Asintal, Retalhuleu. En esas municipalidades llenas de polvo donde se guardan los libros viejos de los nombres de todos, los registros civiles. Pensar en sus páginas amarillas en las que muchos nombres serán olvidados porque migraron, porque murieron jóvenes o porque los dieron en adopción como a estos niños. En la soledad de los libros, pienso.

Solo dos emisoras se sintonizan: una de noticias y otra de reguetón. Como soy un necio, escojo las noticias. El país acaba de salir de una crisis del transporte pesado. Los pilotos hicieron una huelga. Ahora, decenas de camiones liberados viajan por los caminos. Y los rebasamos uno por uno.

La radio que escuchamos transmite noticias originadas en su mayoría en la capital. Hablan de un policía de tránsito que fue detenido en la mañana por un policía nacional civil, es decir, por un miembro de la seguridad pública. Supuestamente, el detenido estaba golpeando a un parroquiano por mear en la calle. Doce horas después, el policía nacional que hizo la aprehensión apareció muerto en su automóvil. Algunas personas llaman a la radio para mostrar su consternación.

Mientras tanto, nosotros nos detenemos en Mazatenango, una pequeña ciudad enclavada en el corazón de la Costa Sur guatemalteca. El piloto entra a un restaurante de comida rápida. No va a comprar, va a utilizar el baño.

Yo aprovecho para estirar las piernas y encender un cigarro. Tengo dos minutos afuera y transpiro profusamente. Me deshidrato. La gente parece ir a toda prisa por acá. Moverse al ritmo de un buen merengue.

Tengo otros recuerdos de cuando era niño: mi madre me mostró el país trabajando para comunidades lejanas, y la tranquilidad de las calles vacías es lo que viene a mi mente. Para un citadino como yo que no rebasaba los diez años, las montañas llenas de guerra, de masacres, eran algo invisible. Ahora, entre el bullicio, a lo lejos, se distingue el ulular de las ambulancias.

Esto no me gusta. A dos cuadras de donde estamos parqueados, queda la comisaría de la Policía. De allí salen un par de radiopatrullas a toda marcha.

Un sonido se reproduce en la radio: significa una noticia urgente. El locutor anuncia un enlace con Mazatenango, entonces pongo más atención. El corresponsal avisa que acaban de dispararle a un magistrado de la Sala de Apelaciones que conoce de los asuntos de esta región, en pleno parque.

Vaya si este país se esfuerza por hacerme llegar su aliento a sangre. Apago la radio. Son las seis y media de la tarde. El sol no tardará en ocultarse y con él, también el calor. Ya los mosquitos empiezan a salir en busca de sus presas. Yo los ahuyento con el humo de mi cigarro.

Arnulfo, el chofer, regresa del baño y se sube al auto. Prendemos la máquina y seguimos rodando por la carretera. Y la misma secuencia de caña, palos de hule y ríos empieza a presentarse tras la ventana. Así, hasta que nos desviamos hacia El Asintal. A lo lejos se ven montañas, más ríos y pequeños poblados. Me dan ganas de dormirme. De volver invisible esta guerra, otra vez. Desaprender. Olvidar. Ser un niño. No regresar nunca a la ciudad. Internarme en la montaña. Hablar con los pájaros. Ser una idea. Cualquier cosa con tal de que el aliento a sangre no me corrompa. Volverme un optimista. Pero hoy, solo puedo ver cómo las últimas cenizas del día se apagan en esta noche que nos abraza. Tan profundo, tan hondo, como el mar invisible a mis espaldas.

# 28 de agosto

Guadalupe, el guardaespaldas que me asignó la fiscalía para venir a la Costa, se veía bastante nervioso. Teníamos que entrevistar a una madre que localizamos por el teléfono que estaba anotado en el expediente que obtuvimos del allanamiento de Casa Quiroa. Cuando la llamamos nos dijo que llegáramos a su casa situada en un barrio muy pobre en las afueras de Retalhuleu.

Nos tomó un buen tiempo encontrar el lugar. Algunas calles estaban adoquinadas y otras eran de tierra; sitios baldíos en su mayoría y los demás ocupados por casas de madera y lámina, jardines bastante descuidados con toda clase de cosas tiradas además de ropa tendida.

Estaba oscureciendo. No había nadie en las calles para preguntar sobre la mujer, porque la dirección era imprecisa. Nos metimos en un callejón y rápido nos dimos cuenta de que nos citaron en un callejón sin salida. Solo que llegamos una hora antes de lo dicho. Guadalupe fue el que nos dijo: Esto es una emboscada. Vámonos.

Arnulfo, el piloto, aceleró para salir de ahí. En efecto, todo parecía como si fuera un intento de atraparnos. Llamamos a la madre nuevamente y nos dijo que estaba ahí en la calle, pero que nosotros no; que la casa era rosada. No había ninguna así en ese callejón, así que le dijimos que mejor llegara a la fiscalía.

Colgué y le pedí a Arnulfo que manejara hacia Mazatenango. No dormiríamos en Retalhuleu porque podrían estar siguiéndonos. En Mazatenango. había conseguido un hotel por cien quetzales la noche que incluía parqueo.

La carretera estaba altamente transitada al salir de Retalhuleu. Pero luego se fue quedando cada vez más solitaria hasta que éramos solo nosotros y un montón de caña. Guadalupe nos iba contando que había servido en el ejército durante el conflicto armado y que estaba asignado a esta región. Que patrullaba los cañales y las montañas, sobre todo de noche, cuando espantaban. Una vez iban en la patrulla entre una espesa vegetación. Estaba todo muy oscuro. Un compa tuvo ganas de fumar y encendió un cigarro. La lumbre se hizo visible para los guerrilleros que estaban escondidos y les empezaron a disparar. El amigo que quiso fumar murió acribillado. Por eso se me quitaron las ganas de fumar de noche, dijo.

Había un aire tenso. Pensé en mi hijo. Pero ahí estaba Guadalupe, ese animal domesticado que filosofa con la crudeza de un carnicero. Ese que nunca se dobla. En buen momento decidieron asignármelo de guardaespaldas porque de repente, entre los cañaverales salió un picop a toda prisa que se nos pegó en la carretera.

Sabiendo que no eran amigos, Guadalupe se quitó la pistola del cinto y la llenó de balas. Mientras cargaba un tiro en la recámara, volteó hacia mí, dejándome ver sus ojos mestizos ardiendo en furia. Quiso escupirme serenidad y me dijo:

—Licenciado, yo no sé mucho de leyes, pero si alguien se nos acerca, disparo a quemarropa.

Cinco años en la facultad de Derecho no me daban esa tranquilidad. Guadalupe no quería morirse. Entonces supe que todo marcharía bien. O repetí varias veces esa mentira para tranquilizarme, mientras veía de reojo cómo apuntaba a matar con la mitad del cuerpo afuera de la ventana del auto.

Los tripulantes del picop, quién sabe si sicarios, ladrones de autos o pura gente con mala suerte, habrán podido distinguir la silueta de nuestro tirador, y se detuvieron de repente en el camino. La advertencia había funcionado. Podíamos seguir, llegar al hotel, guardar los documentos que ya teníamos e intentar dormir un rato bajo este calor infernal y sofocante.

## 29 de agosto

Llovía a cántaros sobre el camino de piedras y tierra, que ya se convirtió en un río de lodo atravesando una aldea de San Pablo Jocopilas, Suchitepéquez. Iba en busca de Rosa Taquiej, una mujer de treinta y un años que dio a su hijo Antonio en adopción a través de Casa Quiroa. Es uno de los cuarenta y seis niños que encontramos durante el allanamiento.

Antonio nació en la casa de su madre, en la Aldea la Ceiba, San Pablo Jocopilas. El parto fue atendido por una comadrona. Un varón sano que pesó 6 libras y midió 49 centímetros. Eso dice la partida de nacimiento.

Cuando llegamos al lugar nos encontramos con una pequeña choza al lado del camino, rodeada por completo de maizales y una enorme piedra que parecía haber rodado de una montaña hasta ahí. Nos recibió Rosa, que en ese momento estaba preparando el fuego. Hablaba un español entrecortado, pero entendió que íbamos para hacerle algunas preguntas sobre su hijo Antonio. Arnulfo y Guadalupe se quedaron en el auto y yo entré a la choza que tenía un fogón, una cama y una mesa a donde me invitaron a sentarme.

Afuera, dos niños estaban mirándome con una curiosidad tremenda, pero también con miedo. Algunas gotas de la lluvia se colaban entre las varitas unidas que hacían de pared de la vivienda. Me ofreció agua y le acepté un vaso. La sirvió de un cántaro de plástico que estaba sobre la mesa. Entonces se sentó en una silla vieja y me miró en silencio. Estaba esperando a que empezara el interrogatorio. Le expliqué que habíamos hallado a Antonio en una visita que hicimos a Casa Quiroa, que ahí nos dijeron que ella lo había dado y que yo quería saber cómo había sido todo el proceso. Me dijo que había quedado embarazada cuando ya tenía otros dos niños que estaban afuera y que era difícil seguir manteniendo uno más, así que una vecina se le acercó para ofrecerle ayuda, que conocía a gente en la Antigua Guatemala que le daría soluciones y la iba a beneficiar.

Eso habría sido como en el cuarto mes de gestación. En el quinto mes le hizo una propuesta concreta: que le diera al niño cuando naciera y que le iban a dar a cambio 10,000 quetzales.

—¿A cambio de qué, de dárselo para siempre?, le pregunté.

—No, solo lo iban a criar unos señores de fuera, que cuando ya estuviera grande podía volver, con estudios y todo, y seguía siendo mi hijo.

Asumí que no entendía que un proceso de adopción significa que la borrarían del mapa familiar del niño, que no se trataba de una beca como se lo habían hecho creer, sino que era un adiós definitivo.

—¿Le dieron el dinero?, pregunté.

—Sí, me lo dieron en efectivo, después del parto. Karen me dio unos papeles que tenía que firmar, pero no sé leer entonces me pusieron a pintar con el dedo gordo, me lo llenaban de tinta y después yo iba poniendo el dedo en las hojas blancas. Yo se las llené para los trámites que iban a necesitar. También me pagaron un pasaje a la Antigua y fuimos a dejarlo y a recibir el dinero; había otras señoras dejando a sus hijos. Me dio tristeza, pero sabía que iba a estar mejor, mire acá cómo vivimos en la pura carencia. No alcanza lo que se gana. El papá ni sabe que fui a dejar al niño, ni hizo preguntas. Igual le daba, o a lo mejor sintió alivio; pero después me dijo que qué había hecho si se había muerto o qué y le dije que lo había dejado encargado para que nos lo cuidaran. Ya no me preguntó más.

—Rosa, ¿usted sabe qué es un proceso de adopción?

—No. No sé qué es eso.

—Es que su hijo se lo van a dar a otros papás para siempre, le dije, va a tener los apellidos de los señores y los papeles en los que usted puso su huella sirven para eso.

Se quedó un momento en silencio mirando el fuego.

—Pero y qué podemos hacer, me preguntó, al final creo que va a estar mejor. O eso espero, me dijo.

Yo también, pensé, mientras veía a los niños afuera jugar con los charcos que se habían formado con la lluvia. Ojalá.

## 30 de agosto

Subimos a Quetzaltenango para seguir buscando a las madres de los niños de la Casa Quiroa. Nos quedamos en un hotel en el Centro donde también está hospedada la delegación de Nicaragua que vino a jugar un torneo de básquetbol. Son alrededor de veinte muchachos que por las noches hacen torneos de póquer en el pasillo del hotel y tienen el relajo hasta que amanece.

He podido dormir poco y esas horas han sido de mal sueño, pero, al menos, el calor desapareció y en el día se sufre menos. Ahora mismo pasé a desayunar a un comedor cerca del hotel. Tienen encendido el televisor y están hablando de las adopciones en Guatemala.

Mariana Abarca es una de las entrevistadas. Ahora se presenta como la presidenta de la Asociación de notarios proadopciones y está diciendo que es increíble que el Estado impida la labor de sus agremiados, precisamente porque en Guatemala no se tienen las condiciones para adoptar es que ellos tienen que hacer procesos con el extranjero. Además, su trabajo tiene beneficios incluso para la seguridad del país porque estos niños, si crecieran junto a sus familias, seguramente serían mareros. Ellos nos salvan a nosotros de esos crímenes futuros y a estos niños se les da la posibilidad de ser alguien en la vida y útiles a la sociedad.

Me incomoda oírla. No puedo dejar de contrastar la tristeza de Rosa, la madre de Antonio, cuando supo que no volvería a ver a su hijo. No creo que le haya hecho un favor. No creo que sea un favor separar a una madre de su hijo, a menos de que sea una abusadora. Y Rosa no lo era.

La madre de la niña que debo hallar acá en Quetzaltenango, al parecer, tal como me contaron los vecinos del barrio donde supuestamente vivía, era una prostituta hondureña a la que nunca más volvieron a ver. Me toca ir a preguntar a un par de sitios más para terminar la búsqueda. Principalmente, porque en la partida de nacimiento, la madre presentó una identificación guatemalteca. Debería ir a averiguar al Registro, aunque no sería una sorpresa que le hubieran dado documentos en una Municipalidad a cambio de dinero.

Es una constante en esta parte del país. Solo en el último año han resultado incendiados al menos tres registros civiles de la nada. Algo me huele a que además de los documentos falsos para gente migrante, hay también una red que extiende identificaciones para votantes que no existen. Eso explicaría por qué están quemando los registros.

Tengo ganas de irme de Quetzaltenango lo más pronto posible. De volver a casa. Estar al menos un día ahí, con la rutina, sin tener que vivir en estos hoteles maltrechos llenos de borrachos y vendedores de ruta, que tienen la misma cara de cansados que yo.

Probablemente al mediodía esté en camino. Le di la noticia a Lucía y se oía desanimada, como si no fuera demasiado importante.

—Recordáte que tenés un hijo, me increpó. Acá lo he hecho todo sola.

Tenía razón: llevaba días sin estar y ella tenía que ir a trabajar y cuidar a Joaquín. Colgamos y sentí el vacío. Hay una grieta entre nosotros por donde se cuela el frío, pensé, pero también supe que no había algo que pudiera hacer. No ahora, no en mis manos. Estaba todo fuera de mi alcance. Tenía que ir a preguntar a tres bares de Quetzaltenango si conocían a Dayanaris Cardona, la madre de Michelle Cardona, una bebé de un año que encontramos en Casa Quiroa. Hacer esa búsqueda me podría tomar todo el día, pero iba a tratar de hacerlo lo más eficientemente posible y regresar a casa. Solo pensaba que ojalá no nos lloviera en el camino.

## 1 de septiembre

Le pedí a Lucía que fuéramos a cenar, pero me dijo que no tenía ganas. Que estaba cansada y que prefería comer algo en casa y mirar una película. Tal vez era mejor. Joaquín ya caminaba por todos lados y a veces era un poco agotador tener que moverse con él, que con la curiosidad de los niños de su edad era andar por todos los sitios posibles.

Cociné algo y comimos en la cama viendo el televisor. Afuera llovía con fuerza. Era un día pesado, gris, con una noche que pareciera traer el frío de la tierra húmeda. Las gotas del aguacero golpeaban fuerte contra las ventanas.

—Te he extrañado, le dije.

—Yo también, respondió, sin dejar de mirar la tele, casi como un acto reflejo y no algo que haya sentido.

—La verdad es que el caso me ha quitado toda la energía y te pido disculpas por eso, Lucía.

—Creo que te lo tomas muy a pecho, no creo que la gente en el Ministerio Público trabaje tanto como ustedes.

—Bueno, algunos turnan treinta y seis horas seguidas, al menos no estoy ahí, levantando muertos.

—Solo eso faltaría, tener que lidiar contigo y esos muertos. Y si esas mamás querían dar a sus hijos en adopción, ¿por qué no las dejan? No creo que a todas las hayan engañado, la gente no es tonta. Saben que no los van a volver a ver. En el fondo a lo mejor lo desean.

—No lo sé, no creo que todo esto sea solo por las madres, sino sobre todo por los niños. No sé cómo será irse a vivir a otro país y enterarse luego de que te adoptaron, y cuando quieras venir a ver tu historia sea falsa. No me imagino lo que eso podría significar para alguien.

—Bueno, pero eso no lo van a detener ustedes y, además, se están metiendo con gente muy peligrosa. Esta señora Mariana Abarca es conocida en el banco porque es una cliente importante. El otro día la vi hablando sobre los casos, diciendo que ellos hacen una labor de ayuda. No sé, tampoco creo que sea así, pero no deja de tener razón: esos niños van a estar mejor en otro lado.

—Pero merecen saber su historia, al menos, no sé. Y que no los vendan como cosas, ¿no te parece?

Lucía me vio con esa mirada que sé que usa cuando no quiere discutir más. Y siguió viendo la tele.

—Lucía, amor, yo sé que a lo mejor todo esto resulta abrumador, pero es algo que debo hacer. Pienso en mi propia historia: sin saber nada de mi padre desde hace veinticinco años. No quiero haber tenido un caso en mis manos donde tuve la obligación de devolver respuestas para los niños y no hice nada. Me carcome, sabes. Me da asco fracasar en eso o pensar que me voy a doblar porque la gente que se dedica a este negocio me pueda joder o a mis amigos. Sé bien que no es la vida que nos imaginamos, Lucía. Yo pensé que todo iba a ser más fácil, que iba a ser fiscal un tiempo, que luego iba a irme a un despacho corporativo y tú estar mejor en el banco. Ojalá fuera así ahora. Pero aún no dejo de pensar que algún día podrá ser. No por ahora. Hoy tengo que resolver esto. Realmente te he extrañado, no quiero que pienses que no. Cuando estoy allá pienso en ustedes y en volver.

—Me he sentido sola, muy sola. A veces siento que no me contás todo. Que estás pasando cosas y que yo voy quedando excluida de eso. Me gustaría que pudieras hablar más.

—A mí también me gustaría hablar más. Pero no sé qué decir, no termino de procesar las cosas que veo en el trabajo y no quiero que esa oscuridad entre a nuestra casa. Pero me persigue. Está aquí. La siento. Y también la angustia de tener que hacer algo y no saber qué. Tener las vidas de estos niños en mis manos y no poder hacer suficiente, ¿sabes cómo es eso? Estar frente a una tarea que te sobrepasa y aun así salir a cumplirla. También me he sentido solo.

—Pero eres tú el que se aísla, sentenció Lucía, apagando el televisor. Estás muy lejos, no siento que regreses bien después de esos viajes, es más, ni regresas, te quedas ahí, pensando en todo, cuando solo es un trabajo y esta es tu vida, tu familia, pero parece que no te importa tanto.

—Me importa todo, pero también no sé cómo dejar de pensar en el trabajo cuando lo que toca es resolver problemas así de graves. De gente que no puede defenderse, como esos niños, que vendían en una página de internet al mejor postor. No me imagino qué sentiría si viera a Joaquín en una foto de esas.

—Pero no lo estás viendo, Joaquín está bien, con nosotros.

—Lo sé, pero es como si cada niño de esa casa fuera también mi responsabilidad. Y no quiero fallar.

Ni a ellos ni a ustedes. Solo te digo que no ha sido como pensábamos, Lucía, pero así es la vida. Te quiero, ¿sabes?

—Yo a ti, pero cada día te veo más triste y no sé si es por nosotros. Todo es muy confuso. Lo es. Todavía no logro descifrar cómo vivir con esto de otra manera.

—Perdona. Lo haré. Tiene que haberla.

Me recosté al lado de Lucía y la abracé. Afuera seguía el aguacero. Joaquín ya dormía y en la casa había un silencio profundo, como el que solo puede haber cuando se está en el vacío.

## 4 de septiembre

Manuel Tut Quim es un niño de cuatro meses que encontramos en el allanamiento de Casa Quiroa. Supuestamente nació en el Hospital Nacional de Cobán, Alta Verapaz, pero al ir a verificar esta información resultó que al niño inscrito con este nombre lo habían enterrado hacía unos meses. Por ello tuvimos que pedir una orden judicial de emergencia, localizar a los padres y notificarles la exhumación para extraer una muestra de ADN y verificar que fuera su hijo y no el que estaba en la casa cuna.

Tras una hora de camino llegué a San Juan Chamelco. Había quedado con los enterradores en el cementerio municipal para que me acompañaran a la aldea. Era un espacio bien cuidado, con muchas tumbas en fila como largos trozos de cemento en forma rectangular. Sin embargo, se excusaron.

Aquello suponía un obstáculo ya que sin ellos tenía que buscar quién excavara. Tendría que arreglármelas. Alrededor del mediodía llegamos a la Aldea Seoguis, tomando una ruta de terracería desde la cabecera municipal. En el camino, nos topamos con el cadáver de un caballo recién atropellado: la cabeza estaba descolocada del cuerpo, supongo que fue un camión. El color carmesí de su carne y su piel café cubriendo un cuerpo que se volvía rígido. Las montañas arboladas atestiguando ese espectáculo violento; pero también hermoso, como cada muerte de una bestia.

Cae una llovizna sobre el camino formado por una mezcla de tierra gris y rocas. El agua hace que todo se enfríe. Llegamos a un bosque sin señal de tener a la vista el cementerio a pesar de que los hombres insisten en que llegamos. Salgo del auto y estiro las piernas. A mi lado, un trabajador del centro de salud se toma la tarea de servir de intérprete a mi discurso. Me siento tan inútil al no hablar su idioma.

Les estoy explicando a un grupo de pobladores el por qué debo exhumar los restos de un recién nacido. Estoy en medio de un bosque inmenso en el que las gotas de llovizna no dejan de caer, mientras los convenzo, en una lengua que no entienden, de mis motivos para sacar de la tierra el cadáver de un niño. Tengo la percepción de que de pronto me trasladé a una ficción inglesa del siglo XIX y aquí lo gótico fueran las copas de los pinos meciéndose como catedrales que no dejan de llorar.

Cuido mis gestos, cada palabra. Sé bien que una autoridad gubernamental como la que represento no tiene legitimidad y lo acepto. Ellos son la autoridad en este sitio que está al abandono de cualquier gobierno. Me presentan al comité de vecinos encargados del cementerio, entienden mis razones, solo me falta por convencer a una persona: al padre del niño enterrado.

Le explico el caso. Es un muchacho muy joven, vestido con una camisa muy elegante, con los ojos grandes y negros que a veces parecen perderse en un recuerdo cuando le hablo del pasado. Lo medita un momento mirando la tierra. Luego dice que puedo hacerlo, que me da permiso.

Entonces nos lleva a donde está la tumba y se dirige de inmediato hacia un estrecho camino que sube una colina. Sigue lloviznando y el suelo está resbaloso. Está todo el sitio de un verde muy espeso, con muchas flores diminutas que brotan del suelo.

La cuesta se fue inclinando hasta que llegamos a un claro, donde el hombre se detuvo. Empezó a mirar la maleza. Ahí no hay ni cruces ni lápidas, sino flores creciendo sobre el monte. El hombre desenvainó el machete y comenzó a limpiar la tierra. Señaló un lugar como el sitio donde su hijo estaba enterrado y para mi sorpresa, pidió una pala y empezó a excavar una fosa él mismo.

La gente formó un círculo a su alrededor mirándole cavar. Poco a poco el cúmulo de tierra va creciendo, volviéndose un derrame de lodo que con la lluvia se escurre por la colina. Sigue haciendo un día gris. ¿Dejará de lloviznar alguna vez? Parece que no.

No cesa el agua. De hecho, la lluvia arrecia y me protejo con un pequeño paraguas al que se le cuela el agua, cuidando que el acta no se moje mientras el hombre sigue cavando, buscando a su hijo. Yo no tendría ese valor. No tengo la fuerza, ni siquiera sé cavar una zanja o sembrar algo que voy a comer. Seguro él mismo lo enterró. Acá la tierra y la gente tienen una relación que desconozco, como su idioma, que parece dar brinquitos en sus lenguas como el agua sobre las hojas de los árboles.

La fosa está muy honda. Sale vaho de la tierra y el hombre está lleno de lodo. A veces limpia el machete o sus manos con la hierba. Huelo a flores recién cortadas y a humedad. La gente le ofreció auxilio, pero él se negó todas las veces diciendo que él mismo encontraría a su hijo. Pero ahí donde estaba cavando no lo encontró. Se detiene, recostando su barbilla sobre sus manos colocadas una sobre otra en el extremo del mango de su pala, incrustada en la tierra, y mira el suelo como recordando dónde pudo haber enterrado al niño.

Salió de la fosa. El aguacero seguía. Se escuchaba un río caudaloso que no se lograba ver. El padre del hombre llegó con una pala y comenzó a excavar otro hoyo al lado del que ya estaba hecho, donde tampoco encontraron nada. Aquello parecía no tener fin. Los niños curiosos a veces se asomaban, pero los ancianos les mandaban a sus casas. No querían que vieran el cadáver cuando apareciera, si es que lo encontraban.

Costaba moverse en esta montaña. Estaba muy inclinada y cada vez que decidía cambiar de sitio lo hacía cautelosamente. Uno de los niños que pasó corriendo colina abajo se fue de bruces. Volteó de inmediato hacia nosotros con una sonrisa de sorpresa, se levantó y siguió corriendo.

Cesó un poco la lluvia; en la segunda fosa tampoco estaba la caja. No tenía señal de teléfono, estaba perdido en medio de la nada. No sé si seguirán cavando. Al parecer sí. Tomaron una pausa y la gente habló con el hombre. Me vio y también a mi equipo, luego dijo algo en su idioma y todos se echaron a reír. Entendí que era de mí de quien se reían: tenían cierta razón, fui yo quien llegó a meterlos en ese aprieto. El niño lleva unos meses enterrado.

Finalmente se posicionaron sobre el camino de tierra por el que corren los niños y decidieron cavar ahí mismo. Cavaron, cavaron y cavaron. El padre seguía sin detenerse. Era una postal muy triste ver cómo abría la tierra para buscar a su hijo, pero entiendo que él así lo ha querido. Al final aceptó la ayuda de sus hermanos.

De pronto, un sonido grave se escuchó al toque de la pala. Era la caja de madera. En este momento, luego de dos horas, la solemnidad inicial se perdió por completo y el ambiente se volvió menos tenso. El hombre salió de la fosa y nos dejó ver la caja. Por fin salió a la superficie con ella. Era tan pequeña, cubierta de ese lodo.

El hombre decía que su hijo tenía una manta azul cuando lo enterró. Solo recordaba eso. Las manos del hombre fuera de la fosa, sus brazos, su cuerpo completo, estaban cubiertos de una capa de tierra que se adhería como una nueva piel amarillenta. Abrieron la caja con un machete y encontramos una manta, cierto, con un grupo de huesos diminutos en buen estado. Parte de la manta se adhirió a la superficie del féretro.

La gente se acercó a mirar. Los técnicos revisaron el cadáver y sacaron las muestras por las que íbamos. Los hombres estaban satisfechos porque no tendrían que seguir cavando. Había una sensación de alivio general, mientras la llovizna cedía por un momento y el sol calentaba la tarde. Los hombres devolvieron la caja con los restos y la tierra a las fosas. La montaña pareció regresar a su estado natural. Me despedí de la gente y descendí con cuidado la montaña, para hallar el auto y buscar el largo camino al hotel.

Dentro del auto, el intérprete me explicó que sí se reían de mí, que decían que me harían cavar a mí la fosa, pero que les provocó risa la idea. A mí también, para ser honestos. Dos pequeños fémures de no más de veinte centímetros se colocaron en un recipiente plástico transparente que quedó en resguardo de los peritos. Nosotros avanzamos mientras algunos niños que estaban en las calles de la aldea salieron a correr al lado del auto, agitando sus manos en señal de despedida. Los saludé brevemente. Una anciana en el pórtico de su casa nos ve pasar, sin quitarnos la mirada ni hacer un gesto más que girar su cabeza siguiendo la dirección de nuestro camino.

Campos de árboles y de milpa empezaron a aparecer. No tengo idea de cómo haré para estar en el hotel o, con suerte, esta misma noche en casa, y creer que todo esto fue real. ¿Lo fue? Las manos del hombre buscando que la tierra le devolviera a su hijo, el vaho saliendo de la fosa como si fuera el largo aliento de una bestia bajo la lluvia, el aguacero que no cesaba.

Es un largo camino de vuelta. Muy largo. Sé que voy a recordar la escena mucho tiempo. Ojalá se vaya desgastando, que no queme. Que se vaya disipando como la bruma y pese menos.

## 7 de septiembre

A Lucía la invitó su padre a pasar el fin de semana en el Puerto y me dio la oportunidad de quedarme. Se llevó a Joaquín y accedí porque iba a dormir, después de días sin hacerlo adecuadamente. La verdad es que ahora mismo más que un padre era un zombi. Además, con la familia de Lucía iba a estar cuidado, es el único niño de esa edad, ya los demás son adolescentes.

Horacio me llamó para decirme que saliéramos a tomar algo. El buen Horacio. Fui a su oficina por la tarde y empezamos a hablar de unos casos que le preocupaban. Luego se puso serio y me dijo que había escuchado que la primera dama estaba interesada en el tema de las adopciones.

—Van a abrir una nueva fiscalía, según me contaron unos amigos que trabajan en una secretaría de la presidencia, confesó.

—Bueno, si la abren, seguro me van a llamar, yo llevo el caso de la Antigua, el de Casa Quiroa.

—¿Y cómo te va con eso?

—Pues jodido, es un chanzal y estoy a punto de cagarla con Lucía por no estar nunca.

—Bueno, eso tiene arreglo, Gonzalito. Vamos a chupar, yo te invito. Me acaba de caer un caso de una extradición y con eso saco el año.

No quise saber cuánto era el año para Horacio, pero me daba gusto saber que ya estaba cubierto con un solo cliente. Quedamos de juntarnos en El Establo, un bar de la Zona 10 que es tremendamente popular entre las señoras divorciadas. Se juntan en grupos y esperan a que tipos como Horacio lleguen a darles plática. Eso hizo que el bar se inundara de hombres también, todos buscando conectar con alguien.

Horacio es un salvaje. Uno de esos tipos que, sin tu permiso, llegan a estar sobre la pieza fundamental de tu vida sin saber cómo ni por qué se lo permites. En El Establo pedimos las dos primeras rondas y a la tercera, Horacio ya tenía vista una mesa llena de mujeres que de vez en cuando lo miraban con una sonrisa cómplice. Una banda tocaba en vivo los éxitos del momento y de inmediato salió a bailar la más sonriente, que al primer salto ya estaba contoneándose de maneras imposibles, mostrando las dotes que la genética y la ciencia le habían concedido. Mi amigo la siguió.

Horacio me sonreía agitando su vaso, provocando el choque de los hielos contra el cristal, mientras se acercaba a dejar su trago. Esto, amigo mío, mata toda filosofía de autodestrucción, dijo, y se colocó el cigarro en la boca para tomar con sus dos manos los abundantes muslos de su compañera de baile, encajándola sobre sus piernas. Mientras todo aquello sucedía, yo, que todo lo razono, viendo a Horacio buscar desesperadamente una cura para mi incapacidad de diversión, pensé, a lo mejor como producto de esa misma limitante, que el maldito lugar estaba lleno de idiotas que balbuceaban cosas, y que absolutamente derrotados se arrastraban hasta este sitio con el propósito de anestesiarse de vivir en un lugar tan terrible. Y más tarde se lo dije a Horacio.

Supongo que tenían razón quienes afirmaron que soy incapaz de divertirme, terminé aceptando, mientras cerraba la puerta de casa dejando a Horacio fuera, con esa expresión de desilusión que me resulta tan familiar. Cuando se despidió empezaba a digerir el hecho de que no nos veríamos en un buen tiempo.

Ya en casa, encendí el televisor para ver alguna película, pero no hallé nada que me entretuviera. Solo conseguí permitirme salir al patio a ver pasar la noche. Es decir, a vigilar las calles vacías, el resplandor naranja sepia que mancha las nubes y oir las ambulancias con sirena abierta. No pensaba en nada serio. Solo una cosa ocupaba mi mente: la manera tan precipitada en la que extrañaba a Lucía, que era también como cuando se empieza a sufrir anticipadamente ante un choque inminente.

Y juro que en ese momento me senté a ver la puerta, esperándola. Y que también crucé los dedos.

## 8 de septiembre

De mi padre sé muy poco. Solo que vive en Houston y que se dedica al negocio de bienes raíces. Hoy, para mi sorpresa, un hermano suyo me llamó diciéndome que mi padre estaba en Guatemala y que quería verme. Me dio un número de teléfono para que le llamara. Que yo lo llamara después de veinticinco años, háganme el puto favor.

Dejé a un lado el orgullo y lo llamé. Un frío timbre de voz femenino, con acento argentino, usado de manera estándar en las grabadoras de los teléfonos móviles, me contestó.

Tenía que dejarle un mensaje, a mi padre. Respiré profundo y le dije que quería verlo y que me gustaría que conociera a mi hijo y a mi esposa. Luego colgué.

No recibí ninguna llamada de vuelta. Aquello me pareció una alegoría de la relación con mi padre, como hablar con una piedra en el agua, seca por dentro. Es solo que ya no me afecta como antes.

Joaquín apenas aprende a hablar, pero le gusta que le lea, o al menos escuchar mi voz mientras lo hago. Y esa es la única idea de padre que quiero tener, más allá de las ausencias y las llamadas no devueltas.

Tomé el teléfono y esta vez llamé a Lucía. Se escuchaba realmente contenta. Nada parecido a las últimas veces que había hablado con ella. A lo mejor ambos necesitamos una pausa. Le pedí que me pasara a Joaquín y lo saludé, solo me respondía: Hola, papi.

Eso era todo. Bastaba y sobraba. Ya era un buen día.

## 11 de septiembre

Ayer hubo un escándalo en la Procuraduría General de la Nación. Mariana Abarca llegó a ver un proceso de adopción que estaba a su cargo y como no se lo tenían resuelto empezó a gritarles a todos. El personal llamó a la seguridad del edificio, unos policías nacionales, y le pidieron que saliera. Estando afuera empezó a patear la puerta de entrada del edificio, una puerta de vidrio y metal, hasta que la rompió y con los vidrios se hirió una pierna.

Todos lo vimos en nuestras casas en la noche, cuando el noticiero salió al aire. Los reporteros llegaron al tiempo que los policías estaban custodiando a la licenciada Abarca, sentada en una silla, afuera del edificio, con la pierna sangrando. Al final no la detuvieron, pero era una escena surreal. Calentó las cosas.

Hoy hubo una conferencia de prensa de la Fiscalía General. Anunciaron que crearían la Unidad contra la trata de personas y se la asignarían a la todopoderosa Fiscalía contra el crimen organizado. Pasaba a ser otra de las unidades, junto a antisecuestros, robo de vehículos, robo de bancos y extorsiones. Todo el mundo sabía que estar en esa fiscalía era como ir a la guerra. A algunos los trasladaban ahí para que renunciaran. Era dura.

Como a eso de las nueve de la noche recibí una llamada. Era Mynor Sánchez. Me dijo que Álex Flores sería el nuevo fiscal encargado de esa Unidad y que a él lo ascenderían a agente fiscal y que si quería irme como parte de su equipo. Lucía me miraba desde el otro lado de la habitación, a lo mejor oyó qué me estaban proponiendo.

Claro que me quiero ir, le contesté. Claro que sí. Qué tengo que hacer. Mañana está listo tu traslado. Bienvenido. Y colgó. Ahora tenía que explicárselo a Lucía.

# 3 de octubre

Como un cadáver disecándose. Así miraba aquel edificio de mediados del siglo xx a donde me habían trasladado. El espacio que me asignaron era un salón mal iluminado, lleno de archivos oxidándose y una puerta en un segundo nivel, sin escaleras que condujeran hacia ahí.

Corría un rumor que por las noches espantaban, pero jamás me pasó algo como tal. Solía quedarme hasta muy tarde en la oficina. En parte, por la cantidad de cosas que debía hacer y en parte, porque era la mejor forma de huir de mis propios problemas con Lucía.

Las cosas eran así: por las noches en esa oficina solo se oía, a lo lejos, la radio de los guardias de la puerta, a muchos pasillos de distancia, con rancheras y fútbol. Nada más.

También había pequeñas recompensas. Al lado de mi escritorio, una puerta daba hacia un patio interior que utilizaban como parqueo y que colindaba con el recinto de la sinfónica municipal. Por las tardes solía escuchar los ensayos y lo disfrutaba.

Lo curioso es que esa puerta tenía un balazo en la parte inferior. Nadie sabía cómo había sucedido. Y la gente que llegaba a visitarme solía preguntarme por el enorme agujero y casi siempre contestaba igual: "Se me escapó un tiro un día cuando bailaba". Luego dejé de decirlo porque podía tener problemas por bailar en horas laborales y dar a entender que usaba un arma.

Volviendo a los ensayos, recuerdo una tarde en la que los chicos de la orquesta ensayaban la Sexta de Tchaikovsky. Había permanecido inmóvil en mi silla giratoria, mirando hacia el patio. Repetían siempre el mismo movimiento, cercano al final. Tenía muchas ganas de que lloviera, pero hacía mucho sol y un cielo azul que surcaban de vez en cuando las palomas que vivían en el techo del edificio.

Cerca de las tres de la tarde, llegó una mujer con su hija. Su caso era nuevo y recién me lo acababan de asignar. Ambas lucían cansadas. La señora se secaba el sudor con un pañuelo y la hija traía el pelo suelto y enmarañado por la humedad. Las invité a sentarse y comencé la entrevista. Vivían en la frontera con El Salvador, en una aldea. La madre tomó la palabra y comenzó a contarme. Más o menos seis años atrás, había sido invitada a una fiesta en la casa de una vecina. Como tiene muchos hijos, los dejó a cargo de su hija mayor, que entonces tenía quince años.

La fiesta había transcurrido normal. Llegó a casa y todo marchaba bien. Sin embargo, meses después, encontró que su hija estaba embarazada. Ahí intervino la hija.

—No había dicho nada por miedo, dijo, adelantándose a cualquier pregunta que pudiera hacer.

—Ella no me había dicho nada; pero el día que la dejé por ir a la fiesta, unos hombres entraron y la abusaron. Ella me lo dijo después, cuando yo le pregunté cómo se había embarazado, si ni salía, si yo la cuidaba noche y día, añadió la madre.

La muchacha intervino y me contó los detalles. A pesar de haber oído demasiadas historias terribles, no me dejaban de incomodar. Aun así, no me permitía esbozar ningún gesto para evitar interferir en el relato.

Al fondo, los ensayos de la sinfónica seguían entrando desde el patio. La muchacha se echó a llorar. La madre colocó sus codos sobre la mesa y se secó el sudor de nuevo con el pañuelo sucio, mirándome con tal angustia que parecía que iba a contarme que ella había sido la que lanzó la bomba atómica desde aquel avión.

La señora tomó un respiro mientras su hija lloraba y comenzó a contarme que los hombres le habían dicho que si denunciaba la violación, la matarían a ella y a su familia. Eran pandilleros, relató. Que cuando vio el embarazo no supo qué hacer y que una amiga del lugar le dijo que al niño era mejor darlo en adopción y así lo hicieron, en silencio, sin que los vecinos o la familia supieran, terminando todo el papeleo uno o dos meses después de haber nacido el niño.

Sin embargo, ahora querían recuperarlo, porque creían haber cometido el acto más reprochable de su vida.

—No se imagina, licenciado, todos estos años, a mí se me ha venido una enorme tristeza que no sé qué hacer y solo me siento bajo el palo de mangos a llorar por lo que pasó y porque no nos quedamos con el niño y no se lo había contado a nadie.

Entonces se quebró. Me puse de pie y les ofrecí agua. Ambas aceptaron. Como debía hacer un repaso antes de redactar el acta, también les ofrecí café. En ese entonces, no había llevado la cafetera, solo tenía café instantáneo. Tomé las tazas, les serví el agua caliente y les dejé que lo prepararan a su gusto.

Ambas miraban el frasco con cierto resquemor. La hija, más osada por su juventud, lo destapó, lo olió y luego tomó la cuchara. Miró a su madre y ambas sonrieron con los ojos llorosos.

—Perdone, es que nunca hemos tomado de este café, solo hacemos de grano en la casa. ¿Cuánto le tenemos que poner?, dijo la madre con cierta pena, pero con una enorme sonrisa dibujándosele, dejando emerger toda su inocencia.

Les preparé el café y les ofrecí galletas. Era lo menos que podía hacer. Entonces empecé a redactar el acta. La señora continuó diciéndome que sentía mucho todo lo que había pasado y que si ella no se hubiera ido a esa fiesta, nada malo hubiese ocurrido.

No fue su culpa ni tampoco la de su hija, le aseveré. Permaneció en silencio como empezando a dejar un peso, no porque yo la absolviera, sino porque como ella misma dijo, no se lo había contado a nadie, sino hasta esa tarde. Les expliqué con la mayor claridad posible qué pasaría con el caso. Sobre las posibilidades de revertir una adopción que había sido aparentemente legal. Y bueno, hablamos un poco sobre su pueblo, al que debían volver esa misma tarde.

Al terminar, no esperaron más porque las dejaría el bus, así que se fueron de inmediato. La madre abrazó a su hija y comenzó a caminar hacia la salida, por el laberinto de pasillos que era ese edificio. Archivé las declaraciones y redacté algunas órdenes para investigar. Sería un trámite muy largo. Eran casi las seis de la tarde. El sol no se miraba más. El cielo era ya de un color púrpura y las palomas estaban todas apostadas en el techo, arrullando entre la lámina.

La orquesta terminaba de ensayar y en la recta final ejecutaron todo el último movimiento de la Patética. Volví a quedarme impávido en la silla, mirando hacia el patio. Me pregunté si alguna vez Tchaikovsky habrá visto un árbol de mango. Me pregunto si alguna vez habrá imaginado América con árboles frutales en los patios de las señoras que a su sombra se echan a llorar.

Escuchando la sinfonía, me pareció que el viejo Piotr explicaba mejor lo que yo empezaba a sentir y decidí permanecer en silencio, con la oficina vacía desde hacía mucho y la noche empezando a llegar con un hijo que viene de lejos.

# 5 de octubre

Nuestra nueva oficina está todavía bastante desamoblada. Es una casa antigua con mucha madera y bronce sobre la 7ª Avenida y 11 Calle de la Zona 1; dicen que, durante un tiempo, fue una casa presidencial. Varios vitrales le dan un aspecto religioso al inmueble. Me gusta pasearme por los pasillos deshabitados y distinguir entre el silencio los leves sonidos que provienen de la vecindad.

Ayer decidí salir por unos cigarros y pasé frente al local vecino. Como está abierto al público, decidí entrar a conocerlo. Un enorme patio central iluminado por luz natural es la mayor atracción de la casa, en cuyos pasillos rectangulares decenas de habitaciones completan la intrincada arquitectura colonial.

En una de estas habitaciones daban clases de teatro. La de ese día trataba del maquillaje. La maestra enseñaba a los alumnos el arte de dramatizar los gestos mediante su uso. La más atenta de sus alumnas era una espigada muchacha de unos diecinueve años que parecía sufrir una especie de trance mientras escuchaba la explicación.

Impresionaba. Tenía unos enormes ojos avellanados que estaban abiertos a plenitud como queriéndose apoderar de todos los gestos de su maestra. Parecía como si le hubieran abierto la puerta del más edénico de los jardines. Era un espectáculo intenso, como si una verdad estuviera siendo revelada. Algo místico.

Salí de allí pensando en el teatro, la música y otras cosas ajenas a lo que hacía yo para vivir. Creo que las cosas empiezan a aclararse hoy más que nunca para mí. Estos últimos días los he utilizado para estar en silencio. Permanecer en ese estado la mayor parte del tiempo posible. Tratar de absorber las conversaciones, los gestos, los silencios. Entender la mecánica de mi vida. Pararme frente al abismo de mi propio vacío; pero no saltar. Solo estar allí respirando el precipicio. Detenerme. Justo como la actriz que quería aprender. Y en este juego de desenmarañar mi universo doméstico he podido arribar a conclusiones que solo han logrado volver más pantanoso el terreno que piso.

Lo que más me ha sorprendido es la enorme lista de cosas que he dispuesto como distractores de la realidad. Tal parece que nuestro destino como especie es evitarnos a toda costa. Me pregunto qué sería de nosotros si nos deshiciéramos de todos los distractores. A la mayoría de las personas les aterraría encontrarse tal cual son. Yo, por ejemplo, me veo tirando todo por la borda: mi matrimonio en primer lugar. Esta es la circunstancia actual de las cosas. A lo mejor mucho tiene que ver el informe del forense que acabo de recibir: las muestras que recogimos de Manuel Tum Quim, el niño sepultado, resultaron insuficientes. Es decir, que no pudieron extraer la muestra de ADN. Puse a un padre a excavar en busca de su hijo por nada. Siento una especie de remordimiento, pero nada en realidad está en mis manos. Todo se escapa de ellas.

Regresé en silencio a mi oficina con los cigarros en el bolsillo. No he podido encender uno, no quiero que nada me distraiga de mí. Ni siquiera los pasos de la muchacha que antes vi aprendiendo teatro, y que luego caminó delante de mí, compartiendo las aceras que no nos llevan a ningún lugar. Nada de distracciones, ni siquiera los olvidados caminos que me llevaron hasta aquí. Así que, al llegar a la oficina, tomé asiento, cerré los ojos y esperé al silencio, que no tardó en llegar.

# 9 de octubre

Te dije que tomaras algo, concluyó el oficial, dirigiéndose a uno de sus agentes que bostezaba sin parar vencido por la madrugada. Agazapados a las orillas de una casa de tres niveles, situada en una montaña, esperábamos el momento adecuado para entrar.

Es un operativo con la unidad antiextorsiones. Íbamos a detener parte de una clica de una pandilla de la Zona 18.

El ejército acordonó el área y toqué la puerta. Con cada golpe contra el metal mal pintado de negro, se devolvía el eco de una habitación vacía. Volví a tocar, pensando en una barreta de metal. La incrustaría en una de las bisagras deshaciendo el concreto. El portón caería en un par de minutos.

Se escuchó un ruido. Una ventana en la segunda planta se abrió y un hombre salió a ver. Policía, gritó el oficial, baje y abra la puerta. Me coloqué del lado contrario al que la puerta abría para no estar en su ángulo de tiro. Abrieron y cinco agentes entraron acompañándome. Encontramos a un par de hombres viéndonos fijo.

Los colocamos contra la pared y los agentes los revisaron en busca de armas. Uno de ellos, completamente vestido de negro, parecía ser el jefe. Tenía tres anillos, dos de ellos en forma de calavera con los ojos brillantes y rojos.

Del cuello le colgaban una decena de cadenas plateadas. Un tatuaje en la mano derecha lo delataba como miembro de una pandilla. El otro tipo apenas hablaba. Parecía un jugador de fútbol venido a menos.

Neutralizados ambos, nos permitieron subir a la segunda planta por unas escaleras iluminadas por una lámpara de araña. Infinidad de cucarachas transitando impunemente por el suelo y los muebles. La segunda planta tenía varias habitaciones. En una de ellas lloraba un recién nacido al lado de su madre. Los hombres de la casa guardaban silencio, esperando a que encontrásemos algo. Pasé a otra de las habitaciones llena de ropa desperdigada. Ahí dormían dos niños. Uno de ellos, según dijo el padre, sufría de ataques de epilepsia. Lo revisé y salí de nuevo.

La última habitación me esperaba al fondo del pasillo. La orilla de una cama se veía desde fuera, la puerta estaba entreabierta. Me acerqué y los dos hombres que encontramos al abrir la puerta se colocaron a la orilla del pasillo, contra la pared. Dos policías iban tras de mí con las armas desenfundadas. Atravesé el umbral de la puerta abriéndola de golpe. Un olor a mentol salía del sitio. Amanecía tras una ventana enorme. El sol naranja de octubre incendiaba el cuarto, enegueciéndome por un momento. Con la mano izquierda, me protegí de la luz. Había un sofá. Me senté en él. Respiré profundo, la habitación estaba vacía.

Todo había salido bien por ahora: detuvimos a los extorsionistas. Al llegar a la oficina me esperaba un plazo: tenía tres meses para terminar de hallar a todas las madres de los niños de Casa Quiroa y me hacían falta diez mujeres repartidas por todo el país.

# 18 de octubre

A la fiscalía llegó Lorna de la Cruz, la representante de una fundación para mujeres víctimas de violencia. Decidió tomar como bandera el tema de las adopciones irregulares. Comenzó con tres casos de madres que habían denunciado hacía varios años la desaparición de sus hijos sin que se hubiera hecho algo para hallarlos.

Aprovechando que el fiscal general había anunciado la creación de la Unidad contra la trata de personas, quería que nos encargáramos de estas denuncias abandonadas en otras fiscalías. La primera y más grave era la de una madre llamada Mirena cuya hija Esthercita había sido robada a mano armada en el 2006. Pasados casi dieciocho meses desde entonces, no había descansado ni uno solo buscando a la niña.

Por eso era un caso urgente. Álex y Mynor dijeron que me lo iban a asignar. Ya tenía el de Casa Quiroa, pero disponíamos de más personal y les iban a pedir a los otros auxiliares que me ayudaran con las últimas madres por localizar. Qué alivio. Entonces recibí el expediente y cité de inmediato a Mirena, que llegó acompañada de Lorna y la abogada de la fundación, Pilar Martínez. Las recibí y le pedí a la madre que me contara la historia.

Mirena tenía los ojos llorosos y se tomaba las manos mientras empezaba a revivir lo ocurrido: El 26 de marzo del 2006 estaba en la zapatería que su familia tiene en el Mercado San Martín, en la Zona 6 de la ciudad, un lugar sumamente concurrido. Al mediodía, tres hombres y una mujer entraron a la zapatería y la encañonaron. Pensó que se trataba de un asalto, porque eso ocurre con frecuencia. Sin embargo, más adelante creyó que además la iban a violar porque uno de los hombres la tocaba mientras le apuntaba a la cabeza con su arma.

Entonces vieron a la niña, a su hija, de ocho meses de nacida. Esthercita estaba en su carruaje y la tomaron. Nos la vamos a llevar, le dijeron, si llamás a la Policía, te venimos a matar. Ella se quedó inmóvil del miedo. Los tipos se fueron y ella salió a llamar a la Policía, pero llegaron muy tarde. Cuando finalmente se hicieron presentes le dijeron que no debió dejar que se llevaran a la niña y, aún a regañadientes, le tomaron la denuncia solo porque insistió.

Esa denuncia ingresó al sistema general de la Fiscalía y la asignaron a una fiscal de robos comunes. Hicieron dos o tres cosas, pero nada más: pedir un informe de investigación policial, otro a la Municipalidad para saber si había cámaras y solicitar la partida de nacimiento de Esthercita al Registro Nacional de las Personas. A lo mejor tampoco sabían qué hacer. Es decir, no es que estuviera demasiado claro: se roban a una bebé que no se tiene forma de documentarla porque no tiene huellas dactilares y a dónde se la puede ir a buscar.

Las posibilidades son infinitas: la pudieron haber matado, vendido, dado a una familia, usado para tráfico de órganos, pornografía, prostitución, todo eso pensaba y las cuatro personas ahí presentes lo teníamos muy claro, pero no lo queríamos ni siquiera mencionar. No pidieron rescate por la niña y no teníamos ningún testigo adicional que hubiera visto a dónde se fueron los tipos. No estaban instaladas cámaras en la calle, ni en el negocio. No teníamos nada.

Eso es lo que constaba en el expediente. Mirena se puso a llorar mientras terminaba de contar la historia. Le expliqué qué podíamos hacer en estos casos. Buscar entre los niños aparecidos en los juzgados o en los hogares, hacer algo. Registrar otra vez en el lugar buscando un testigo o una cámara que no hubiéramos visto. Hurgar desesperadamente, pensé. Eso haré.

Dejamos que Mirena saliera un momento para que yo pudiera hablar con Lorna y Pilar. Está difícil, les anuncié.

—No sé ni siquiera por dónde empezar con tan poco y habiendo pasado tantos meses.

—Es una vergüenza lo que ha hecho el sistema de justicia con ese caso, me respondió Lorna.

Tenía razón. Principiando por los policías que llegaron a la escena. Les prometí que iba a hacer de todo para hallarla. Que nos íbamos a esforzar. Mynor también estaba dispuesto a usar su imaginación en este caso. Vamos a hacer todo lo posible porque se resuelva. Lo prometimos. Y esa promesa era con toda claridad otro vacío al que me lanzaba, dando un salto de fe que cada vez era hacia un agujero más profundo.

Se fueron de la fiscalía y me senté a pensar con Mynor qué podíamos hacer. No lo teníamos claro. Lo primero era tomar la foto robot de los asaltantes. Luego pensar si podíamos conseguir que alguien nos hiciera un posible retrato de la niña y, entonces, obraríamos el milagro de reconstruir algo que había ocurrido hacía casi dos años.

## 27 de octubre

—¿Vas a salir?, le pregunto a Lucía que está peinándose frente al espejo del baño, maquillada y lista.

—Sí, voy a salir. Te encargo a Joaquín, le das de comer. Voy a una fiesta de la oficina.

—¿Sábado? No sabía que ahora estaban tan festivos en el banco.

—Sí, lo estamos; y que no se te pase por la cabeza que te voy a dar más explicaciones. No soy yo quien las debe aquí, cuando prácticamente solo venís a dormir y después no sabemos nada de vos.

—Es por trabajo, Lucía, no por otra cosa.

—Bueno, yo también, estamos a mano.

—Me parece perfecto.

—Eso pensé. Te veo en la noche.

# 4 de noviembre

Tengo una denuncia nueva en mis manos. La estoy leyendo con el mismo sentimiento de asombro y asco con el que leí la primera. Una joven mujer viajó desde Honduras para poner en conocimiento que sus dos sobrinas habían desaparecido y que lo último que supieron era que las habían traído a Guatemala.

Señala como principal sospechosa a una mujer cuya familia también vivía en la aldea y que había negociado con los papás de las jóvenes un adelanto por el supuesto salario que se les pagaría al llegar a la ciudad trabajando como meseras. Cien dólares por una de dieciséis años y doscientos por una de doce. Yesenia se llama la mujer.

Nunca más supieron de ellas, pero dijo que estuvo averiguando con gente que conoce en qué trabaja Yesenia y al parecer lo que hace es comprar niñas para un prostíbulo de la ciudad llamado Pecados, ubicado en una zona comercial.

Ese nombre no es desconocido, sino todo lo contrario. Se trata de uno de los negocios más grandes de prostitución de la ciudad de Guatemala. Lo hemos allanado varias veces. Hemos detenido a los representantes legales, a los encargados, pero aún nos ha quedado lejos probar que el verdadero dueño, Herman Klein, un capo del narco y la prostitución, está involucrado.

Esta vez, si logramos demostrar la conexión de Herman con la compra de las niñas, tendremos un caso sólido. A eso le apunto: rescatarlas y poder detener a Herman. Dejo todas las denuncias por un lado y empiezo a trabajar esta. Lo primero es enviar a los policías a que hagan vigilancia, que entren y busquen si ven a las niñas. Que midan el terreno.

Lo segundo es avisarle a Mynor que voy tras Pecados.

—Sabes quién es el abogado de Herman, me responde cuando le aviso. Tu amigo Horacio.

Bueno, toca enfrentarme a Horacio, por qué no.

# 7 de noviembre

En la Policía le asignaron el caso de las dos muchachas hondureñas a Claudio, el investigador con el que he hecho los allanamientos. En dos días me hicieron llegar a la oficina un informe con fotografías de la vigilancia que montaron afuera de Pecados.

Se ven llegar clientes de todo tipo. Carros lujosos y de costo promedio, algunos con placas oficiales, otros con logos de empresas. El lugar es altamente frecuentado por todo tipo de hombres, es muy popular.

Se trata de una construcción que bien podría ser una fortaleza. Está en una avenida poco transitada de la Zona 9, entre talleres mecánicos y viviendas construidas a principios del siglo XX como casas de descanso en medio de bosques que las rodeaban. Los frondosos árboles de la vecindad parecen darle cierto aire apacible al barrio, aunque imagino que dentro no lo será tanto.

Desde la fachada frontal se pueden ver claramente dos niveles que ya fueron recorridos, parcialmente, por Claudio y su colega. Estuvieron únicamente en las zonas abiertas a todo el público.

Pidieron un par de cervezas que ellos pagaron de su bolsa y se sentaron a ver el show. Desfilaron un buen número de muchachas, pero en ningún momento las que buscamos.

Ningún rastro de la niña de doce años, pero sí de la de dieciséis. Al preguntar a los meseros le dijeron que "ratón tierno" llegaría mañana, que había salido con papi Herman.

"Papi Herman", una conexión con nuestro segundo objetivo. En eso el informe era claro. Sabíamos que estaban ahí y teníamos lo suficiente como para ir a pedir la orden de allanamiento, así que empecé a alistar el legajo de copias del informe de Claudio, de las partidas de nacimiento de las niñas, que tramitamos con la embajada de Honduras, y luego salí a esperar el transporte de la oficina al juzgado.

Afuera caía una ligera llovizna, un día gris en los que el frío es ya una constante. La 7ª. Avenida de la Zona 1 estaba transitada. A mi lado, los cambistas de dólares me saludaban como cada mañana, licenciado, buenos días, gusto de verlo. Yo devolvía el saludo mientras resguardaba los papeles de la lluvia.

El bus del Ministerio Público llegó media hora después, una buseta blanca, destartalada, carcomida por el óxido en algunas de sus esquinas más golpeadas, y el piloto de siempre, don Otto, un simpático gordito que te recibía con una sonrisa amplia y un bienvenido, licenciado, buenos días, pase adelante, mientras abrías la puerta de al lado y entrabas agachado hasta encontrar un asiento disponible.

Encontré el mío, saludé a los colegas y, en media hora, con muchas pausas por los semáforos y el tráfico denso del Centro, estaba en la Torre de Tribunales. Los vendedores de leyes, que recopilaban en colecciones blancas apiladas en mostradores improvisados, los lustradores de zapatos, los borrachos, los consumidores de marihuana jugando una partida de ajedrez eterna en mesitas de madera en las que además apostaban, todos ahí en esa mañana, conjugados como siempre, componiendo la fauna usual de tribunales.

Entré al edificio y bajé al sótano donde están los juzgados de turno. Fui con el secretario a quien conocía porque con frecuencia iba a pedir allanamientos; era Luis Pedro, uno de los buenos, atento, eficiente, siempre ordenado y llevando su trabajo con una seriedad poco común en esa jungla.

Estaba de turno el juez Rosales, un tipo honesto al que habían enviado de castigo a hacer turnos en ese juzgado por no obedecer suficientemente al sistema. Los jueces se cambiaban cada seis horas, había cinco de ellos, todos escuchaban las declaraciones de detenidos en flagrancia y a fiscales como yo pidiendo diligencias de urgencia.

La vida sin dormir bien se los iba consumiendo. Rosales pasó de ser un tipo robusto y despierto, a verse siempre cansado, delgado, un poco retraído, aunque, de vez en cuando, como cuando yo llegaba, y le ponía enfrente casos como este, salía de su sopor y los ojos le volvían a brillar. Entonces no solo me hablaba del caso sino de sus próximos artículos de derecho que quería publicar donde le dieran espacio, hablando de reformas al sector justicia. Al verlo entendía que una carrera larga en estas instituciones termina así: devorándote el optimismo, como quien se envuelve en una modorra de la que raras veces vuelve a despertar hasta que se nubla por completo.

Luis Pedro me adelantó que la audiencia sería a las cinco de la tarde, porque tenían agenda llena, el turno anterior les había dejado cerca de veinte detenidos y Rosales los iba a escuchar a todos. Entendí y le dejé las copias de los documentos que usaría para la audiencia para que se las diera al juez. Los guardó en una carpeta y la metió en su gaveta donde tenía un sándwich que seguro se almorzaría. Acá no me lo toca nadie, dijo. Te esperamos a las cinco.

Salí a esperar el bus y pensé en Horacio. Es el abogado de Herman, no era una situación cómoda, pero tenía que pasar. Él es defensor y yo fiscal, y penalistas tampoco es que haya tantos en el gremio, menos para este tipo de casos.

Volví a la fiscalía y fui a almorzar solo. Pensé un rato en las niñas hondureñas. Luego en Lucía. Era evidente que no estábamos bien. Y quizá esa evidencia hacía más pesada la pregunta: ¿por qué? No la iba a hacer, estaba de más.

Nos habíamos desconectado por completo, nuestro vínculo estaba totalmente roto y creo que a estas alturas del camino no había algo que lo pudiera reparar.

Pasé la tarde ordenando nuevas denuncias y luego le pedí a Mynor que me dejara usar el auto de la oficina para ir a tramitar los allanamientos a las cinco. La hora de salida del MP era a las cuatro de la tarde así que esto ya contaba como actividad fuera del horario y teníamos el auto para eso. Me dieron las llaves del picop y lo fui a traer. Llegué a tribunales de nuevo a las cuatro con cuarenta y la fauna de vendedores y demás gente se había esfumado por completo. Estacioné cerca de la entrada del sótano y luego bajé a buscar a Rosales. Estaba todavía terminando de escuchar a varios de los detenidos que le habían dejado del turno anterior.

Luis Pedro me dijo que terminaba en media hora así que me senté a esperar en la fila de sillas que estaban dispuestas para eso. Recosté la cabeza contra la pared y puede ser que me haya dormido unos quince minutos. Estaba cansado. Y lo que seguía no iba a ser sencillo. Si me daban la orden de allanamiento a lo mejor no era la hora más afortunada, sino que lo haríamos mañana, pues por restricción constitucional no podemos entrar después de las seis de la tarde y hasta las seis de la mañana del día siguiente.

No estoy seguro de si me dormí esos quince minutos o un poco más, lo cierto es que Luis Pedro me llegó a despertar avisándome que Rosales estaba listo para atenderme. Un poco confundido tomé mi maleta con los documentos y entré a hablar con él. Me recibió como siempre, primero en su despacho con los rituales de saludarnos, preguntarnos cómo estábamos, cómo nos iba, las esposas y demás, luego pasaríamos a la sala de audiencias.

—Licenciado, le dije, esta vez tenemos a Herman. Compró a dos niñas, una de doce y otra de dieciséis y las tiene en Pecados. Acá está el informe de la Policía que lo comprobó, el testimonio de la tía de las muchachas y sus partidas de nacimiento.

—Ya, lo que no creo es que aún las tenga ahí. No cree que sería demasiado ofrecerlas al público así nomás.

—Eso mismo pienso yo, contesté, por eso quiero el allanamiento del lugar y Claudio dice que también la casa de al lado, que puede ser un anexo.

—¿Tiene todo eso en el informe?, me pregunta Rosales mientras se coloca los anteojos para leerlo.

—Sí, ahí lo detalló, licenciado, está todo como para que me pueda autorizar el allanamiento.

—Con menos información se lo hemos dado, acuérdese que al final esto es un asunto de humanidad, me dijo, uno escucha un grito de ayuda en una casa y su deber es entrar, más si tiene a una niña de doce años en un prostíbulo. Bueno, procedamos a la audiencia, me dijo Rosales.

Salí de ahí con las órdenes impresas para ir a allanar Pecados. No me di cuenta del tiempo que había pasado; eran ya las ocho de la noche. Afuera estaba oscuro, la calle totalmente vacía y el único vestigio de lo que ahí ocurría cada mañana eran las montañas de basura en el piso.

No sé si Lucía me haya esperado para cenar. En el sótano de tribunales no hay señal de teléfono y no supe si había llamado. En todo caso lo hice yo y no me contestó. Asumo que estaba ocupada con Joaquín. Le avisé a Mynor de la autorización y quedamos que haríamos el operativo la tarde siguiente, antes de que abrieran el prostíbulo.

# 8 de noviembre

El vértigo que traía consigo el ulular de las sirenas lo sentía junto a las ráfagas de viento entrando por la ventanilla. Circulábamos en caravana, atravesando avenidas completas. El tráfico nos cedía, a fuerza, un espacio.

Ponía atención a las miradas de los peatones, que observaban las patrullas llenas de policías uniformados con los largos fusiles colgando, la unidad de evidencias que nos seguía; todo gritaba que estaba pasando algo y así era, íbamos a por Herman.

Llegamos finalmente a esa avenida arbolada en la que está el prostíbulo; afuera, ni un auto, salvo las patrullas que acordonan el área junto a los policías que vamos repartiendo en cada esquina y un grupo que me acompaña a tocar la puerta. Nos recibe un guardián que parece estar acostumbrado a esta rutina: la de la policía, los cateos, la de atender a la ley. Nos advierte de que el lugar está vacío, porque abren más tarde, cosa que, por supuesto, ya sabíamos.

Atravesamos un parqueo interno que nos conduce a la entrada principal. De ahí pasamos al salón más grande. Un escenario con un tubo de aluminio brillante en el centro, atrás unas gradas que conducen a un segundo nivel y una barra que cuando el guardián enciende las luces muestra las numerosas botellas de toda clase de licores sobre los estantes.

Me dirijo detrás de la barra y encuentro los libros en los que anotan los sobrenombres de las mujeres que ahí se prostituyen, cuántos servicios ha dado cada una, cuántos tragos; es, llamémosla así, la contabilidad del negocio. Empiezo a revisar los nombres y cuento diecisiete diferentes y le pregunto al guardián, que dice llamarse Arturo Recopalchí, por estas muchachas y me contesta que ahorita mismo no están, pero que más adelante van a empezar a venir, todo en orden, tenemos papeles, licenciado.

—Enséñenos todos los cuartos, le ordeno. Nos acompaña a cada uno y que no quede ni una sola puerta sin abrir. Y hágame un favor, si tiene efectivo en la caja, lo cuenta y lo guarda ahora mismo.

—No, mi licenciado, cada noche hacemos corte y el dinero se lo lleva el cajero en cajas metálicas que pasan a recoger en un blindado.

—Entonces vamos a los cuartos, me hace usted el favor.

—Claro que sí, licenciado, pase por acá. Primero tenemos un cuarto oscuro, abra usted la puerta y va a ver por qué se le llama así. ¿Ya vio el toro de cuero que cuelga del techo?, puede probarlo si gusta o agarrar un látigo de esos que están ahí colgados en la pared, ya ve que a los clientes les gusta que los chicoteen las patojas, bueno, a algunos, y en este cuarto se la pasan bien. Por este otro lado tenemos otras habitaciones un poco más normales, podría decirse, tienen su jacuzzi y todo. Este negocio es de lujo, como puede ver todo muy limpio y acá no va a encontrar nada ilegal, si quiere subimos de una vez al segundo nivel, ahí hay como diez cuartos todos parecidos a este. Venga, por acá hay unas gradas, mire, suba, ya ve, tal como le dije acá no hay nada más que cuartos con su cama, vacíos, porque las muchachas se llevan sus cosas a diario. Lo único que sí va a encontrar son condones porque siempre se tienen ahí, qué le parece, ¿ya terminaron de revisar todos?, avísenme cuando ya, así bajamos porque no hay mucho más que ver.

Dejo a los policías hurgando en los cuartos para seguir revisando. Descubro otras gradas. Son más pequeñas. Quiero saber a dónde me llevan, a una puerta pequeña, como de alacena. Está sin llave, así que la abro y de inmediato veo que da a lo que parece ser un patio adicional, escondido, donde se encuentra otra construcción.

Llamo a dos agentes y entramos agachados, hasta salir a donde pega la luz del sol. Llamen a Arturo, grito, y baja de prisa a darse cuenta de que hemos hallado esa conexión con el otro sitio.

—Ahí sí no sé qué es, licenciado.

—Ah, pues revisemos, le digo.

Nos acercamos a la primera entrada y al abrir la puerta vemos que dentro tienen un salón de belleza y un montón de vestidos colgados en percheros. Usualmente en los prostíbulos como este a las mujeres, cuando llegan, les dan la ropa, el maquillaje, los cortes de pelo, zapatos y todo lo que necesiten, y se lo anotan como deuda.

Tal es el caso que algunas jamás llegan a pagar la deuda porque es infinita, es una forma de obligarlas a quedarse, por si no fuera poco la violencia con la que las amenazan si se quieren ir.

En otra habitación vemos una sala familiar y más adelante un apartamento con fotos de Herman y varias mujeres. Otras, de muchachas vestidas de edecanes al lado de políticos en mítines de campaña. Fotos de empresarios y un sinfín de personajes conocidos en Guatemala, abrazados a Herman o a mujeres del lugar. Entiendo que se trata de un espacio donde suele estar el dueño del prostíbulo.

La última puerta que abro me lleva al asombro: una enorme biblioteca al lado de un escritorio y unos sillones donde imagino se acuestan a leer. Al revisar los títulos de los libros me doy cuenta de que se trataba de literatura de autoayuda, toda clase de formas de hacerse rico, de mejorar la vida, el rendimiento, la forma de quererse más, de entender la mente para poder dominarla, ¡hágame el puto favor!

Escarbo entre la gaveta del escritorio y doy con la foto impresa de las dos niñas hondureñas. La tomo y, al revisar la parte de atrás, leo un número de teléfono de Honduras y entiendo que pudo ser la forma de promocionarlas cuando las iban a vender.

Llamo al equipo de escena y les pido que documenten todo lo que hallen en esa habitación, pero principalmente las fotos. Es hora de la parte aburrida del allanamiento: levantar el acta. Así que antes salgo de nuevo al patio a fumar. El lugar está vacío, alguien tuvo que avisar. No sospecho de Rosales ni de Luis Pedro. Sospecho de la policía. Al llamar por refuerzos les dije a dónde íbamos a ir. Un error que jamás volveré a cometer.

Por regla general, los lugares como este pagan por protección. O se la regalan, entendiendo que los personajes de las fotos con las muchachas como edecanes están interesados en que todo marche bien, con normalidad. Demos eso por hecho. Ahora qué voy a hacer para que esas niñas aparezcan y agarremos a este cabrón. Bueno, eso es lo que tengo que pensar.

## 9 de noviembre

Estoy en un teléfono público a dos cuadras de la fiscalía marcando el número de Horacio.

—Aló, quién habla.

—Horacio, te habla Gonzalo.

—Por qué me llamás de este número, dónde estás.

—Te estoy llamando por las hondureñas, compadre. Decile a Herman que, si no las entrega, voy a ir todos los días a joderlo hasta que nadie vuelva a llegar al lugar; que voy a poner puestos de registro en la puerta del putero para tomar los datos del que entra y el que sale, a ver si les gusta a los señores que sepamos que van donde las putas.

—Vos querés que me maten.

—No, mano, es que no puede ser, arreglá esa mierda.

—Voy a ver qué puedo hacer.

Cuelgo. Son las cuatro y media de la tarde, afuera de la fiscalía me espera una patrulla que pedí al mediodía. Tomo el picop de la oficina y vamos otra vez a Pecados. Esta vez ya hay gente dentro.

—Bienvenido, licenciado, me dice Arturo, el guardián, ¿no allanó ayer pues?

—Nos vamos a ver a diario, mi Arturo, qué le parece.

—Pero la orden solo se puede usar una vez.

—Ah mirá, qué bueno que me saliste licenciado, tal vez también leíste el artículo que dice que no se

205

necesita orden de allanamiento para los lugares abiertos al público, qué te parece.

—Pues qué le puedo decir, mi licenciado, mejor llamo a nuestro abogado a ver qué dice él.

—Perfecto, llamálo, pero afuera, acompañado de estos dos agentes que a partir de ahorita se van a convertir en tus mejores amigos, le digo.

Entro. Rompo a patadas todas las puertas que hallo cerradas. Registro a todos los tipos que están dentro como si fuera un operativo de drogas. Tomamos sus datos. Les pedimos la documentación a las mujeres. Hay dos salvadoreñas mayores de edad. Es delito contratar extranjeras sin tener permiso laboral.

Arturo queda detenido por ese delito, porque no hay otro encargado. Las muchachas van a un albergue de migración. Cinco horas después tenemos la audiencia de Arturo y queda ligado a proceso. Son las once de la noche. Al salir del sótano de tribunales el viento frío me despierta. Otra vez voy a llegar tarde a casa. Otra vez tendré que decirle a Lucía que lo siento, que hubiera querido estar con Joaquín un poco más. Pero no hay necesidad: al llegar encuentro la casa sola.

Llamo a Lucía y no me contesta. Entonces veo que me dejó una nota en la cocina: Nos fuimos donde mi mamá. Mañana te vemos al mediodía. Me sirvo un Jack con Coca. No tengo hambre. Solo un profundo cansancio. Dejo el trago a medias y me duermo en el sillón.

# 13 de noviembre

—No sé, señor diputado, qué más espera la señora Lorna de la Cruz que se pueda hacer en estos casos. Para serle honestos, reconocemos que hubo errores al manejar la escena, pero estamos haciendo lo posible por corregir el rumbo de la investigación. Créame que el MP está poniendo todo de su parte, pero hay muy pocas pistas que seguir, casos como el de Esthercita son muy difíciles, dijo Álex.

Estamos en una audiencia pública en el Congreso a la que nos citó el jefe de la bancada oficial para que informemos qué hemos hecho con la denuncia de Esthercita y mostramos todo lo que teníamos: nada. Solo las mismas pistas de hace un año y sin poder avanzar más. Los recursos no lo permiten.

Al lado del diputado está sentada Lorna de la Cruz que nos hace preguntas que vamos respondiendo y el tono empieza a cambiar. Entendemos que todo parte de la desconfianza hacia las instituciones públicas y que nosotros somos parte de ellas. Qué le vamos a hacer.

Tomo la palabra y le digo a Lorna:

—Mire, incluso desde el lado humano, le digo que estamos comprometidos. Yo soy papá. No me imagino lo que está pasando Mirena. Pero estoy haciendo lo posible porque todo se resuelva. Si a esa niña la dieron en adopción la podemos encontrar. Pero hay que revisar todos los casos de adopción que podamos y eso es casi imposible. Si toca hacer lo imposible también lo vamos a hacer.

Lorna nos da la razón enfrente de las cámaras. Dice que el trabajo de la Fiscalía está dentro de lo razonable y el diputado nos insta a seguir:

—Continúen con su trabajo, caballeros, nos dice, pueden levantarse.

Los medios fueron de inmediato a entrevistar a Lorna, y en sus declaraciones afirmó que su lucha por encontrar a todos los niños desaparecidos por las adopciones seguiría y que no iba a descansar hasta que los encontrara. No tenía dudas de eso, tampoco de que nosotros estábamos también deseosos de que ocurriera. Pero aún no sabíamos en donde más buscar.

# 14 de noviembre

Michelle y Clara, las niñas hondureñas, aparecieron en el Juzgado de la Niñez y la Adolescencia. Las fue a dejar una mujer que no se identificó diciendo que las había encontrado perdidas. Nos avisaron porque sabían que las estábamos buscando y hacia allá nos dirigimos sin dilación.

Michelle, de dieciséis años, dijo que habían venido de Honduras con Yesenia y que las había dejado desde el primer día con Herman. Que las trataron bien, que no había problema, que ella quería estar ahí, pero que no sabía por qué las habían ido a abandonar al hogar, y que a su hermana ella la cuidó todo el tiempo.

Van a tener que hacerse un examen médico, le advertí. Necesitamos saber que están bien. A Clara, la niña de doce años, no la quise entrevistar todavía. Primero era importante que las viera el médico.

Las llevamos a la clínica y la doctora Carballo las revisó enseguida. Los resultados nos los hizo saber con rapidez: las dos tenían el himen roto, es decir, era probable que hayan tenido relaciones sexuales. Ahora tocaba saber cómo había ocurrido.

Michelle dijo que fue con un novio que tenía en Honduras. Clara, que nunca había tenido relaciones, que nadie la había tocado; que, en todo caso, papi Herman las había cuidado muy bien, que les daba ropa bonita, las dejaba quedarse en su casa en donde habían aprendido mucho porque él les leía cosas de sus libros que tenía en la biblioteca.

Una de esas cosas que aprendieron es que la gente es envidiosa y siempre va a buscar que el que sobresale no lo haga; usaron la metáfora de los cangrejos en la olla, dijeron que habían salido de la olla a pesar de los cangrejos, que entendí que en ese momento éramos nosotros también.

Más tarde, Michelle terminó aceptando que la habían prostituido en Pecados, pero que no tenía nada de malo, porque era su cuerpo y ella había decidido ganar dinero de esa forma. Que no sabía si Clara también porque a veces no la veía. Que no quería regresar a Honduras y que suponía que Clara tampoco. Allá no había nada a qué volver. Prefería quedarse en Guatemala, en lo que pudieran ofrecerle.

Clara, por su parte, cada vez fue quedándose más callada. Imagino que la amenazaron. Así que no podría conseguir nada en la entrevista. Pero teníamos suficiente como para empezar el proceso contra Herman.

Avisamos a la embajada de Honduras que habíamos hallado a las muchachas. Seguro se comunicarían con sus padres. Nosotros teníamos que pedir que las oyera un juez en prueba anticipada, para que no tuvieran que estar en el juicio. Eran los pasos a seguir. Mynor se iba a encargar de eso, yo, de armar el expediente contra Herman.

# 16 de noviembre

Son las nueve de la noche, recién salimos de la oficina con Mynor y decidimos venir a visitar a Lorna de la Cruz y Mirena, la madre de Esthercita. Están frente a la entrada principal del Palacio Nacional haciendo una huelga de hambre. Nos acompañó Celeste, una abogada que trabaja con nosotros que recién acaba de ingresar a la Fiscalía.

Bajo el pórtico de la entrada, tienen colocadas varias mantas con las fotos de Esthercita de cuando era una bebé. Lo que buscan es que la Procuraduría General de la Nación haga que todos los casos de adopciones se lleven físicamente a sus oficinas para revisarlos, para verificar que presenten a los niños y niñas a sus madres y estas digan que sí están de acuerdo con la adopción.

Que se confirme por el Estado que hay voluntad y que las madres entiendan de qué se trata una adopción. La idea empieza a tener espacio en la prensa. Ya varias veces han salido fotos de Lorna y de Mirena yendo de puerta en puerta de las instituciones públicas pidiendo además que se apruebe una ley de adopciones nueva, en la que el Estado ya no permita que un notario sea el que las tramite. Tiene sentido: parte del problema ha sido que los notarios simplemente lo ven como un *check list* de requisitos que, al cumplirse, sin comprobación alguna de la veracidad de su contenido, ya se permite que un ser humano pase bajo el cuidado de una familia fuera del país, sin ninguna garantía de que vaya a tener una buena vida.

En el Congreso, el diputado que nos citó y jefe de la bancada oficialista apoya a Lorna y la propuesta de ley está caminando a pasos acelerados. Me parece que la van a aprobar. Esta misma sensación tiene Mariana Abarca, que sale siempre defendiendo el papel del notario en las adopciones.

A Mynor y a mí nos parece que esta lucha es importante, pero que no podemos de ninguna forma participar. Nos queda apoyar a Lorna porque, en todo caso, es el único y verdadero apoyo que hemos encontrado para poder procesar a los responsables de estos crímenes.

Ahí está nuestra más valiente defensora: una mujer de un metro cincuenta, delgada a más no poder porque lleva seis días en huelga de hambre, al lado de Mirena, otra mujer a quien apoya en el horror de su lucha por recuperar a su hija.

—Lorna, bajó ya mucho de peso. ¿Está tomando suero, al menos?, le pregunto.

—Sí, Gonzalo, gracias, tenemos un doctor que nos viene a ver. Pero no vamos a parar hasta que digan sí. Creo que hoy en la noche salen a dar su postura. La primera dama nos está apoyando. Es una buena mujer, pero acá hay muchos intereses.

Celeste quiso intervenir: Mire, pero de veras se adelgazó. A lo mejor hacer una huelga de hambre es lo que me conviene a mí para perder unas mis libritas. Hay un silencio incómodo. Lorna ve a Celeste sin decir nada y luego me vuelve a ver a mí. Entiendo que es hora de irnos.

Pasamos dejando a Celeste a la oficina y Mynor y yo vamos a tomarnos una cerveza a uno de los bares cercanos.

—Cómo lo ves, me pregunta. Crees que van a poder ver los casos en la PGN.

—Ojalá, lo que sí es seguro es que Lorna no va a descansar hasta que suceda y eso es decir bastante para esta gente, que la tiene como piedra en el zapato. Como la tuvimos nosotros también. Lo más inteligente es ceder. Te ves muy mal rechazando las peticiones de una madre buscando a su hija.

—Pero por el otro lado tenés a la Abarca, liderando otra parte de la opinión diciendo que si no fuera por las adopciones estos niños no tendrían opción, que los están librando de ser mareros.

—Claro, para ellos no hay otra forma: si sos pobre te toca ser criminal. Lo dicen muy tranquilamente mientras se dedican a vender niños, replico.

Mynor da un trago a su cerveza y vemos el televisor que está al final de la barra con noticias puestas. Es un bar de viejos. Todo parece de otra época. Acá el tiempo se detuvo por completo. La presentadora anuncia que la presidencia publicó un comunicado en el que atenderán las peticiones de Lorna de la Cruz y de Mirena y van a revisar los casos de adopción a partir de marzo, porque tienen que implementar una forma, también un proceso de transición entre la nueva ley que se viene de adopciones y la antigua, para resolver los casos que se quedarán en ese limbo.

Vaya forma de describir el lugar donde están los niños: el limbo. Me dieron ganas de beber hasta quedarme inconsciente. Pero mañana hay que trabajar, así que Mynor me lleva a casa, pensando en que pronto nos tocará ir a ver a los niños que van a dejar el país, un cara a cara con los padres quienes no tuvieron la oportunidad de darles una esperanza. Presenciar el encuentro va a ser un cuadro tremendo.

## 26 de noviembre

Detuvimos a Herman Klein. Claudio y su equipo lo encontraron en la entrada de Pecados y le notificaron la orden de aprehensión. Lo trajeron a tribunales y recién terminó la audiencia de primera declaración. Horacio lo acompañó como su abogado defensor. Mynor y yo fuimos los fiscales. La juez Romero llevó la audiencia, una mujer de unos cincuenta años, que leyó el expediente hoja por hoja y pudo ver la foto de las muchachas. La sacó del sobre y la examinó con detenimiento.

Esto es un señalamiento serio, dijo en la resolución, y amerita ser investigado. Horacio no dijo mucho, salvo que no reconocía como cierta la relación que la Fiscalía hacía entre su cliente y estas adolescentes a quienes sí conoció, pero que tal relación había sido de mentoría nada más. A pesar de todo, la jueza le otorgó medida sustitutiva. Es decir, le permitió a Herman llegar a firmar el libro cada quince días y pagar una fianza para no ir a prisión preventiva. Nosotros por supuesto vamos a apelar. En un caso como este en el que las víctimas están en peligro con el agresor es imperativo que a este se le envíe a un centro de detención. Por su parte, la Procuraduría llevó a las niñas a un hogar de resguardo y empezó a tramitar su salida hacia Honduras, donde las recuperaría su tía.

Quizá por el momento había ganado Horacio y bastante más Herman, que no tengo dudas de que había movido todas sus influencias para que le hicieran este favor. Pero vamos de a poco: Herman nunca había estado en un juzgado por las cosas que ha hecho y estoy seguro de que han sido iguales que esta e incluso peores.

Las muchachas declararán en prueba anticipada la semana entrante y luego volverán con la tía. Ellas estuvieron de acuerdo. Estoy seguro de que cuando hablen frente al juez será como soltar los horrores que vivieron. Ambas fueron atendidas por psicólogas del Ministerio Público. En terapia ya contaron las violaciones. A Clara la subastaron un jueves. La pusieron en el escenario y el mejor postor terminó pagando cerca de mil doscientos dólares por llevarla a un cuarto y cogérsela. Pero antes pasó Papi Herman, con las dos. Tenía que enseñarles que todo estaba bien. Es el ritual de iniciación de Pecados.

Todo eso va a quedar en un audio grabado frente a la juez Romero. Horacio tendrá que escuchar la historia, le toca como abogado defensor. A Mynor le corresponderá guiar la entrevista y oponerse a las preguntas impertinentes que seguro lanzará Horacio, a quien no le hablo desde el día en que le advertí que debía entregar a las niñas.

Creo que eso es lo mejor, no cruzar palabra hasta que todo esto acabe. No dudo de que sea lo más prudente, pero también que perder a mi único amigo es aislarme aún más de lo que estoy.

# 5 de diciembre

Son las nueve y media de la noche. Estuve todo el día en el juzgado de turno, en la primera declaración de unos tratantes que detuvo la Policía en los prostíbulos de la Zona 19. El bar se llama El Dólar. Uno de los detenidos es el encargado del lugar, al que ves y, muy fácilmente, confundes con un indigente. Por eso Mynor y yo le pusimos al caso El Sencillo, porque no llegaba al billete completo de dólar.

Salimos de la audiencia del Sencillo y Mynor me llevó a la fiscalía. Un rimero de papeles desordenados sobre mi escritorio me esperaba. Eran las denuncias nuevas recién ingresadas. Esto no iba a acabar nunca. No les puse demasiada atención, ni las quise leer. Lo haría mañana. Apagué la computadora y guardé mis cosas. Salí de la oficina por la entrada principal, ya cerrada, donde el guardia veía televisión en un pequeño aparato blanco y negro sobre su escritorio. Tomé la tarjeta de cartulina con mi nombre en la que marco la hora de entrada y salida de la fiscalía y la metí en la máquina. Diez con quince de la noche. La volví a dejar en su puesto, un tablero enorme con todas las tarjetas de los empleados de la fiscalía.

El guardia abrió la enorme puerta y me deseó buen descanso. Salí a la calle. En los bares cercanos la gente estaba cantando. Había una banda tocando en vivo. Frente a la fiscalía, la avenida que frecuentemente está sobrepasada por el caos del tráfico, a esta hora era un lugar tranquilo donde la gente estacionaba en lugares prohibidos. Ya un borracho orinaba en la esquina cuando doblé hacia mi parqueo. Los restaurantes chinos de la 11 Calle, con el olor a cloro saliendo de sus pisos, estaban abarrotados de hombres pidiendo litros de cerveza. Caminé frente a ellos, sintiendo que algo estaba roto. No encontrar a Esthercita era una deuda pesada.

Llegué al estacionamiento y subí hasta el piso donde estaba mi auto. Viendo la ciudad tomada por la noche, conduje a casa. Tardé tan solo veinte minutos en llegar. Pasé la garita del condominio y luego, al doblar hacia nuestra calle, vi que la casa estaba completamente adornada por Navidad. Lucía había puesto luces, adornos, un Santa Claus en el jardín. Me conmoví y se me salieron unas lágrimas. Me las sequé y cuando me sentí más tranquilo, entré.

Joaquín jugaba en la sala y Lucía estaba sentada en el sofá mirándolo.

—¿Adornaste? Se ve bonito, dije al entrar.

—¿Te gustó?, me preguntó con una sonrisa.

—Sí, me gustó mucho.

Me senté a su lado y no pude decir nada más. Solo acostarme sobre su regazo mirando a Joaquín. Lucía posó sus manos sobre mi cabeza y me acarició suavemente. Fue un salvavidas porque en ese momento, yo ya no recordaba que era posible la ternura.

## 14 de diciembre

Me asignaron un caso de urgencia: la gente de antiextorsiones tiene interceptadas las llamadas de una pandilla. Están investigando a un grupo de sicarios y lograron escuchar una llamada en la que no solo confesaron un asesinato, sino que están organizando el próximo: la muerte de la única testigo del hecho, una prostituta a la que llaman Nancy, pero le dicen la Shakira, que está en un bar de la Aguilar Batres.

Al jefe de la clica de sicarios le dicen el Smurf. Está postrado en una silla de ruedas porque hace un año estuvo en un tiroteo y lo dejaron inmóvil de la cintura para abajo. El asesinato de Shakira lo están planificando para hoy en la noche. Así que la Fiscalía pidió ayuda para que organicemos un operativo relámpago y entremos al lugar sin que se enteren de que es porque los estamos escuchando. Que finjamos que es un operativo de rutina y que, por suerte, nos terminamos llevando a Shakira, que es hondureña, al albergue de migración. Ya nos tienen las patrullas de apoyo y todo, es solo de ir. Así que acá vamos directo al prostíbulo, esperando que al llegar no resulte un tiroteo o algo similar. Cualquier cosa puede ocurrir cuando se trata de este tipo de pandillas. Por otro lado, es quincena y seguro que el local va a estar a reventar de tipos borrachos buscando diversión.

Cuando llegamos al bar La frontera, de inmediato se empezaron a escuchar los gritos de ahí viene la *tira*. Los policías bajaron de las patrullas y rodearon la casa, una construcción de dos niveles, iluminada por rótulos de neón. Al entrar, el ambiente estaba pesado y tal como lo previmos, a reventar. Este era el sitio en el que las manadas de borrachos del crimen organizado más bajo venían a pasársela bien un viernes así. Cerca de la entrada estaba la cabina donde se controlaba el sistema de sonido. Uno de los agentes lo apagó y de inmediato la muchedumbre gritó enfurecida. Alzaban sus vasos de cerveza. Otros las botellas oscuras, derramando líquido y espuma sobre las mesas de vinilo rosa.

Los encargados vestían de vaqueros. Tomé a uno de los dueños y registramos el lugar. Detrás de la barra, al lado de la caja, tenían su libro de contabilidad, donde aparecía registrada Shakira. Es decir, estaba esa noche ahí, como también, en una esquina del salón, se encontraban los sicarios con su jefe en una silla de ruedas.

El primer nivel estaba a rebosar de hombres llenos de hormonas y alcohol que esperaban cumplir con un ritual propio de su especie. Subimos al segundo y ahí esperaban las mujeres. Les pedimos que se vistieran. La policía empezó a revisar a la clientela. Una vez terminaban con cada uno, verificando que no tuvieran vigentes órdenes de aprehensión, los hacíamos salir del lugar. Solo nos quedaron las chicas y los empleados.

A ellas las fuimos entrevistando los dos fiscales que asistimos. Escogí una mesa, sillas limpias y coloqué un servilletero en medio. Las iba llamando. Una por una contaba su historia, que tendía a ser la misma: una radiografía de la ausencia de cariño. Pedí hablar con Shakira. Era alta, morena, de caderas voluminosas, con el pelo trenzado y teñido de rubio. Cuando tomó asiento, descubrí a más de un policía mirándola con lascivia. Ella los ignoraba.

Hablamos durante una media hora. Me contó todo acerca del negocio y también de su vida. Tenía tres hijos en su país. Yo anotaba lo más importante en una hoja de papel, y ella miraba mi chaleco con el escudo institucional, con sus ojos maquillados y sus pestañas postizas. Cuando terminamos de entrevistarla, le dijimos lo que le esperaba. No era la primera vez que era rescatada de un sitio así. Lo entendía a la perfección. Nadie podría sentirse capaz de vivir una vida normal cuando llevas a cuestas tanta tristeza. El peso de todos los tipos desconocidos que, borrachos, se montaban sobre ella para que los hiciera sentir hombres. Entendía que la repatriarían. Era cierto, regresaría de inmediato a su país.

—Debería tramitar su residencia para no tener problemas, le recomendé. Ella sonrió.

—Eso es solo para los que tienen dinero, me dijo, con su voz femenina, casi susurrante.

Sostenía su mirada sobre mí durante largos períodos, como examinándome al detalle. Sonreía cuando le hablaba. Usualmente, cuando uno entrevista a una víctima de explotación sexual, tienden a ser así. Es la forma de comunicación que conocen con el género opuesto. Por eso, uno debe tener precisión quirúrgica para hablarles, salvando distancias entre autoridad y víctima, entrevistador y testigo. Pero ella pasó de eso.

Me miró y en sus ojos brillaban reflejadas las luces del local. Se acercó a mí y en voz baja, me dijo:

—Mirá, papito, tú me gustás, te deberías casar conmigo.

—No creo que eso sea posible, le respondí.

—Yo sí, y te voy a explicar por qué. Ahorita sentí algo con vos. Y una sabe diferenciar las cosas. Yo conozco todo tipo de hombre, grande, chico, gordo, flaco; ya lo probé todo. Así que cuando digo que alguien me gusta, es porque es cierto. Además, vos te mirás un poco triste, yo te podría cuidar y si te digo que te quiero es de verdad. No voy a andar pensando en otros, porque ya todo eso lo probé.

Cuando terminó de decirlo, sonrió y se acomodó en la silla, mirándome, como si acabase de lanzar un dardo y esperara a que la herida sangrara. Acababa de dar en el blanco. Me desarmó. No pude responder, sino con la misma breve y estéril sonrisa. Los policías me miraban. Ella también. El bar estaba vacío. Ya habíamos terminado la entrevista.

—Usted es una buena persona, le confesé.

Ella sonrió, como sabiendo que yo ocultaba cosas. Tenía razón. Por un momento sentí que había visto dentro de mí. Pero no puedo permitirme perder la postura. Mi función ahí era rescatarla de los que, ignoraba por completo, podrían haberse convertido en sus asesinos esa misma noche.

Y así lo hice. Ella se fue junto a las demás mujeres a un albergue de protección, mientras el proceso de repatriación estaba en marcha.

Yo llegué tarde a casa, después de la audiencia en el juzgado. Era de madrugada. No tenía sueño. Me serví un trago y me senté en la puerta de la entrada. La ciudad era todavía un animal dormido. Pronto sería la mañana de un sábado que me encontraría pensando en lo mucho que puede unir a las personas el dolor.

# 29 de enero del 2008

Hubo novedades en el caso de Herman. No necesariamente relacionadas con él, ni con Clara y Michelle, sino con su hijo. Resulta que el muchacho de 22 años, aunque estaba listo para heredar el imperio de Pecados y lo que significa: tráfico de influencias, distribución de drogas, prostitución, etcétera, en algún momento se le ocurrió tener iniciativa. Al parecer decidió incorporarse de lleno al negocio de la cocaína con sus nuevos socios, a quienes Herman desconocía por completo. Le dijeron que sería buena idea mover a Italia cinco kilos de coca en una maleta. Fredy, el hijo de Herman, compró los boletos y se embarcó en su emprendimiento con tan mala suerte que lo usaron de señuelo y lo detuvieron en el aeropuerto La Aurora, hace dos semanas.

Cómo supimos todo eso: lo transmitieron en la televisión y Horacio nos lo está contando, afuera de tribunales. Recién terminó la audiencia donde defendió a Fredy por los cinco kilos en la maleta.

Hubo consecuencias de ese engaño. Además de que Fredy está preso, ahora resulta que Herman es sospechoso de haber matado a los socios de Fredy. Cinco cadáveres masacrados con fusiles AK47. Cuando Herman se enteró de que habían metido a su hijo como señuelo, se enloqueció. Si a la desafortunada aventura empresarial de su heredero le sumamos el proceso que está enfrentando por Clara y Michelle es probable que no esté pasando el mejor momento de su vida.

Por eso decidió volver a lo que conoce como orden. Y lo que entendió como tal concepto fue mandar a sus sicarios a una cantina en la colonia Carabanchel en donde estaban tomándose una cerveza los amigos que embaucaron a Fredy, sin sospechar que minutos más tarde estarían sus cuerpos tendidos sobre el suelo sucio del lugar, perforados hasta la saciedad.

Las cosas están subiendo de temperatura. Tengo por cierto que esto no se va a quedar así.

## 7 de febrero

Tuve buena intuición: anoche, cerca de las 11, un tipo entró a Pecados sin más compañía que una pistola 9 milímetros y se acercó hasta donde estaba Herman. Lo halló sentado alrededor de una mesa del salón principal, la del sillón redondo donde cabían todos los amigos que Papi quisiera, todas las muchachas que necesitara, estaba en su trono, por así decirlo, cuando este hombre se puso detrás de él, desenfundó, colocó el arma en la cabeza de su objetivo y accionó el gatillo.

Un solo tiro limpio. Lo demás fue caos, desorden, gritos, huidas despavoridas, muchachas llorando, y el tipo yéndose sin que lo atraparan entre la confusión que se armó tras el disparo. Nos avisó Lombardo, el fiscal de homicidios que le tocó asistir a la escena. Nos dijo que pudo procesarla con detalle porque, por suerte, no hubo otro muerto sino hasta siete horas después y por lo tanto los equipos de recolección de evidencias estaban descansados y enfocados, listos para hacer bien su trabajo. El cadáver de Herman lo mandamos a la morgue por si lo quieren ir a ver, nos dijo. Tengo los vídeos de seguridad del lugar.

—¿Sabés quién lo pudo haber matado?, pregunté.

—Sí, fue un sicario de los hermanos Urzúa, los narcos. Eso dicen las muchachas acá, vamos a seguir con la investigación. Pero seguro será un lío de drogas, Herman tenía muchos enemigos en ese negocio.

Agradecimos a Lombardo por la información. Salimos con Mynor rumbo a la morgue con una sensación de derrota más que cualquier otra cosa. Por otro lado, Herman Klein era tan perverso que podría estar inventándose que lo mataron. Nos íbamos a cerciorar de que fuera él. No jodan. Si el maldito se había ido a la tumba antes del juicio, nos habían dejado con una pierna rota. Todos estos meses trabajando para que ahora un sicario nos ganara la partida.

Llegamos a la morgue y nos atendió el doctor Pontaza. Qué dice, doctor, cómo le va, dijo Mynor, tiempo sin vernos. Mucho lo dejan en el abandono a uno, muchachos, no sean así, sino es porque tengo esta calidad de muertito no vienen. Nos dimos un abrazo y de inmediato nos llevó a la plancha donde estaba acostado el cadáver de Herman, completamente desnudo y recién acabado de coser después de la autopsia.

Al lado del cadáver algunas de sus pertenencias: su ropa, un bolígrafo y un reloj que en la cara posterior tenía una inscripción: PAPI HERMAN. También el anillo de graduación como perito contador. Era su único título académico, seguramente.

Le pedimos que nos sacara una impresión de las huellas dactilares. Pontaza tomó la hoja para hacer la impresión, llenó los dedos del cadáver de tinta y procedió a tomar las muestras.

—Este es Herman muchá, mírenle la carita, todo echo mierda del balazo, pero se nota que es él, quien mira ahora esta pija toda aguada y negra, a cuánta putita no se chimó, dijo Pontaza, alegre, como si estuviera frente a un ídolo.

Tenía razón: era Herman. Se veía. Y quizá nuestro intento por averiguar con las huellas dactilares si se trataba de él era más bien una necedad, una muestra de que no sabíamos perder. Porque al final era eso, jamás se le había enjuiciado. No conoció la ley. Clara y Michelle nunca tendrían justicia, el caso se iba a cerrar para Herman. Quedaba encontrar a Yesenia pero las pistas eran tan pocas que parecía que iba a ser una tarea imposible de cumplir.

Pensé en ellas, en la vida de este tipo que acabó así, de pronto. En cómo todo el negocio que lo sostuvo también lo llevó a la ruina y lo terminó consumiendo. Recordé a Fredy, su hijo, preso, con el padre muerto, enfrentando una pena de cinco a ocho años, el negocio venido abajo. Todo era desgracia, como si fuera un terreno polvoriento en el que los granitos diminutos de polvo nos hubieran cubierto a todos.

Dos niñas cuya historia ahora quedaría solo en esos audios grabados frente a la juez Romero que se conmovió al oírlas, y que jamás sabrían que estuve frente al cadáver de su violador. Ahora lo que queda es silencio.

## 25 de febrero

Estoy en un café a dos cuadras de la oficina. Son las diez con cinco de la mañana. Hay pocas mesas ocupadas. Espero a Andrea Preciado, una periodista que me contactó ayer por teléfono. Quería hablar informalmente sobre el negocio de las adopciones, estaba explorando escribir una nota para un diario internacional.

Un par de minutos más tarde llega y se presenta, colocando su bolso en una silla y sacando una libretita roja donde tomaría apuntes.

—Mucho gusto, me dio su contacto Lombardo, el fiscal de asesinatos, me dijo que podía hablar con usted acerca de las adopciones.

—Claro, con gusto, qué desea saber.

—Pues mire, estoy trabajando para una agencia internacional de noticias y están muy interesados en contar la historia de las adopciones. Ellos publican en Estados Unidos y nos parece importante que el público de allá sepa cómo es un proceso de adopción en Guatemala. Hemos notado que los números de niños dados en adopción han ido en aumento en los últimos años y nos gustaría saber qué perspectivas tiene la Fiscalía, cuáles son las debilidades del sistema que han detectado, etcétera. Pero antes que nada ¿quiere pedir otro café?

—Estoy bien así, pero por favor usted pida.

Andrea llama al mesero y este le toma la orden.

—Un americano será. ¿Seguro que no quiere otro usted?, me pregunta y termino por ceder, más por cortesía que por cualquier otra cosa.

—Pues, Andrea, tiene razón, el negocio de las adopciones como usted le llama se ha convertido en una forma en que los notarios ganan dinero, que no está mal por sí mismo, sino porque han descuidado su labor de verificar los datos. Hemos detectado que cobran hasta cincuenta y cinco mil dólares por adopción. Con ese dinero le pagan diez mil quetzales a la madre que da a su hijo, mil quetzales mensuales a una cuidadora que se haga cargo mientras dure la adopción, los honorarios de sus gestores y los gastos. Queda una ganancia importante de honorarios.

—Eso precisamente hemos escuchado. No sé si la Fiscalía lo sabe, pero hay hoteles en la ciudad que tienen ahora mismo un piso completamente dedicado a recibir a padres adoptivos para que se encuentren con sus bebés. El hotel Camino Real, por ejemplo, en el que el cuarto piso está dispuesto para eso.

—Algo he oído, pero nunca lo hemos visto. Hemos estado ocupados con algunos otros casos de prostitución.

—Ah, el caso de Herman. Qué catástrofe, ¿verdad? Lo terminaron matando los Urzúa.

—¿Usted también oyó eso?, le pregunto.

—Claro, ahora mismo Pecados lo manejan los Urzúa. En parte lo hicieron para vengarse de Herman y en parte para controlar el prostíbulo, así disponen de un punto de distribución de droga bastante importante que les permite legalizar sus fondos, que llegan en efectivo.

—Es una tristeza el caso que estábamos llevando contra él. Eran unas niñas que violaron y prostituyeron. A la de doce la subastaron.

—Qué mundo tan horrible en el que ustedes se mueven.

—Es el mundo en el que todos nos movemos, pero nosotros tenemos los ojos abiertos.

—Y qué ve con las adopciones, ¿algo así de oscuro también?

—Totalmente. Las víctimas de adopciones irregulares vienen del mismo contexto de las de prostitución. Hogares rotos, sin ninguna posibilidad. Si usted está acostumbrada a una vida sin derechos, cualquier cosa que le ofrezcan le parece una buena opción: ya sea vender a su hija de doce años a un proxeneta o a una pareja de gringos que dicen que le van a dar mejor vida.

—Las adopciones en Guatemala han aumentado porque estamos cerca de Estados Unidos o por las facilidades del trámite, ¿qué opina usted?

—Por ambos. Por otro lado, en Estados Unidos parece que casos como el de Angelina Jolie y el de Madonna han alentado a adoptar niños de países como Guatemala. Vea usted cómo se publican tantas noticias acerca de los hijos adoptados por ellas. La gente allá creo que lo ve como un símbolo de estatus.

—Como si fueran cosas que mostrar, me dice, mirando al horizonte, bebiendo el café que le acaban de servir.

—Así precisamente. Como si fueran otro producto para consumir.

—Estamos jodidos como país, ¿verdad?

—No lo sé. Quiero tener esperanzas, pero no las hallo.

—¿Le puedo consultar más veces sobre este tema?

—Claro, puede.

—Usted lleva el caso de Esthercita, ¿verdad?

—Sí, lo tengo asignado. Estamos buscando por donde podemos.

—Cualquier cosa que necesite para ese caso avísenos. Nos encantaría poder ayudar.

Le agradezco la ayuda y el café a Andrea. Luego me despido y vuelvo a la oficina con su tarjeta de presentación, que guardo en una gaveta para cuando la necesitemos, que seguro habrá más de una oportunidad.

## 4 de marzo

Dónde está Esthercita. Es lo que nos preguntamos cada vez que vemos pasar a las niñas en las oficinas de la Procuraduría General de la Nación. En la fiscalía nos organizamos para hacer guardias de un día cada uno, acompañando el proceso y a Mirena, que está sentada en una esquina frente a un escritorio al lado de la bandera de Guatemala y de la PGN, viendo desesperadamente a cada niña. Es un espectáculo doloroso, también porque este salón, que usualmente sirve para las reuniones institucionales de la Procuraduría, hoy está invadido por los escritorios de los equipos que están revisando los casos. Ya nos pasó que un par de madres dijeron que no estaban de acuerdo con las adopciones y tuvimos que intervenir. Dos más que incluían papeles falsos que detectamos al revisar las identidades de las madres. Tuvimos que actuar también. Esas mujeres se estaban haciendo pasar por las madres de esos niños.

De todo ha pasado menos el milagro de ver a Esther. Lorna de la Cruz nos visita de vez en cuando asegurándose de que estemos todos y que aquellas mujeres que necesiten de ayuda legal la puedan tener gratuitamente de su fundación. Estar acá también me ha servido para reencontrarme con compañeros de la facultad. Todos jóvenes, con oficinas recién abiertas, dedicados a procesos de adopción. Algunos con un solo caso. Otros con quince o más.

Nos saludamos y todo bien. Mientras ninguno de ellos tenga a Esthercita… Mientras no tengamos que ir a por ellos y llevarlos ante el juez. Hay una tensión sensible. La gente se siente observada. Por la Fiscalía, por Lorna, por Mirena. Casi se siente que con cada caso están rezando para que no ocurra nada malo. Para que todo salga bien. En el fondo yo también, pero para que ocurra el milagro y hallemos a Esther.

# 12 de marzo

Del proceso de revisión surgió una denuncia contra un notario llamado Estuardo Escobar, que ahora está frente a nosotros en la oficina. Lo estamos entrevistando con Mynor, que le pregunta sobre el proceso de adopción.

—A mí me denunciaron porque no quise pagarle a la madre biológica, eso fue lo que pasó. Pero realmente el proceso está nítido, cómo van a creer que me voy a prestar a algo así, si llevo quince años en esto, me conozco la ley, no voy a incumplir en un caso, peor sabiendo que ahora están ustedes interviniendo, que se lo pueden llevar a uno preso.

—Vamos a ver, le dijo Mynor, nos está diciendo, licenciado, que a usted lo denunciaron porque no apareció la mamá de la niña cuya adopción usted está tramitando; nos dice que ella no quiso ir a la entrevista porque le pidió dinero y usted no lo quiere pagar.

—Sí, eso mismo.

—Bueno y dónde podemos localizar a esa mamá para verificar que sea cierto lo que dice y no que usted la está ocultando porque no tiene idea de la adopción.

—La mamá es una borrachita del mercado de la Colonia Landívar.

—Y dónde podemos hallar a esa borrachita, en el mercado dice usted.

—Sí, ahí la van a hallar.

—Bueno, vamos a hacer una cosa. Mandaremos a la Policía a buscarla y, si la encuentran, la entrevistaremos a ver qué nos dice.

—Perfecto. Si quieren los acompaño, tengo la mañana desocupada solo para atenderlos. No quiero tener problemas. Me estoy divorciando y si mi exesposa se entera de esto, me va a joder. Por favor, no quiero tener problemas, yo los voy a ayudar. Díganme con quién me voy y los llevo con la mamá.

—Denos un momento, le dice Mynor.

Entonces llama a uno de los policías que trabaja con nosotros estos casos y le pide que acompañe al licenciado Escobar al mercado de la Colonia Landívar a buscar a la madre de la niña dada en adopción. Que cuando la localice le pregunte si entiende qué es una adopción y si sabe que tiene que ir a la PGN.

El policía toma notas y le dice al abogado que lo acompañe. Así que se van juntos a traer el auto para ir a cumplir con la tarea.

Mynor y yo conversamos; no conocíamos a Escobar, pero tenemos una impresión: solo en el 2007 tiene registrados 25 casos de adopciones. Nunca lo habían denunciado hasta ahora, así que no debería ser tan jodido.

Es más, dos horas después lo comprobamos: nos llamó el policía diciéndonos que había encontrado a la mamá y que estaba de acuerdo en ir a declarar a la fiscalía ese mismo día.

Me pareció que no debíamos desaprovechar la oportunidad. Así que se la trajeron de inmediato. Era una mujer desaliñada, con los ojos profundamente negros, un lunar enorme en la barbilla y una trenza que se empezaba a deshacer.

—Bueno miren, sí di a la niña en adopción, yo no la puedo tener; pero el licenciado me dijo que me iba a pagar diez mil quetzales y solo me dio mil.

—Doña Rutilia, no sea mentirosa, ese dinero fue para sus gastos, no es así como usted lo pone que le voy a pagar por la niña, contestó Escobar.

—No sea pajero, licenciado Escobar, usted me dijo que eran diez mil por la niña.

—Qué van a pensar acá los fiscales, Rutilia, no sea así.

—Pues que piensen que me debe nueve mil quetzales y los estoy esperando.

—Pero usted quiere o no dar a su hija en adopción.

—Ah, eso sí, la quiero dar porque cómo la voy a tener si no tengo ni el dinero que supuestamente usted me iba a dar. Que tenga una vida mejor allá con los canchitos.

—Bueno, señores fiscales, ahí está la declaración, ya ven que Rutilia quiere dar a su hija, qué piensan, no es problema, ¿verdad?

—Lo vamos a averiguar, esto no se resuelve tan fácil, le contesta Mynor.

—Bueno, tómense su tiempo pero que quede escrito que Rutilia quiere dar a la niña en adopción porque otra vez ya no la vamos a localizar tan rápido.

Entonces empezamos a levantar el acta. Vi a Estuardo Escobar tener un tic con la cabeza: la giraba súbitamente hacia un lado. Estaba sudando. Me parecía que consumía coca. Me dio esa impresión.

Terminamos la declaración, mandamos a Rutilia a que dejara una muestra de su ADN para compararlo con el de la niña y por el momento era con lo que la investigación iba a empezar.

Por otro lado, creo que habíamos hallado una joya: un abogado dedicado a las adopciones, paranoico, con un caso interesante pero débil con el que podíamos negociar algo: información. Y se la íbamos a sacar toda.

# 18 de marzo

Tomo el teléfono de la fiscalía y llamo desde mi escritorio al licenciado Estuardo Escobar.

—Aló, buenas tardes.

—Licenciado, le saluda Gonzalo Ríos, de la fiscalía.

—Buenas tardes, licenciado, cómo le va.

—Bien, muchas gracias, solo quería saber si estaba acá en la capital, como ya es el descanso de Semana Santa.

—Sí, acá estoy, por qué.

—Para saber nada más si nos iba a dejar por el descanso, pero, tranquilo, nos podemos ver pasada la Semana Santa, ¿qué le parece el próximo martes 25 de marzo a las nueve de la mañana?

—Pero ¿me van a venir a detener o por qué la llamada?

—No, por el momento, por eso mejor venga el martes 25, 9 a.m.

—Bueno, lo anoto, muchas gracias, pero de veras no me vaya a detener, me van a clavar.

—No, licenciado, tranquilo, nos vemos.

Colgamos. El martes 25 le iba a pedir que me contara todo lo que sabía sobre las redes de adopción.

## 25 de marzo

Estuardo Escobar entró a la fiscalía sudoroso, en pleno ataque de pánico. Su angustia fue transformándose en otra cosa cuando le pedí que hiciéramos un intercambio: si el ADN de Rutilia era el de la madre de la niña dada en adopción, cerraría el proceso de inmediato, pero iba a pedirle que, a cambio, me dijera todo sobre las redes de adopción. Si no lo hacía íbamos a ampliar la investigación a todos los procesos que hubiera tramitado en el último año.

Se quedó pensativo un momento, con la cabeza gacha, en la silla de visitas frente a mi escritorio, con la luz blanca haciéndole unas sombras raras en la cara. Entonces tomó la decisión:

—Le voy a ayudar, pero no quiero hablar acá. Nos pueden escuchar. Le voy a contar cómo funciona todo, pero sin ponerlo por escrito. Usted escucha, yo cuento. Vamos a desayunar, ¿le queda bien?

—Sí, me queda. A dónde, le pregunto.

—Al Edificio El Centro, ahí empecé. Hay un comedor donde la dueña es amiga mía, me siento tranquilo hablando allá.

Tomé mi saco y salimos a la 7ª. Avenida. Caminamos de la 11 Calle al Edificio El Centro y al llegar, bajamos las gradas para entrar a los locales del primer nivel. Cerca de la entrada de la avenida funcionaba el comedor, igual a todos los del Centro: mal iluminado, con olor a aceite y humedad. Nos recibieron con un caluroso saludo al licenciado Escobar y nos sentamos en una mesa cercana a la cocina.

Yo pedí un desayuno de huevos estrellados y el licenciado Escobar unos rancheros. Nos los sirvieron en tres o cuatro minutos, justo el tiempo que la dueña del comedor tardó en terminar de saludar a Escobar. Luego nos llevaron tazas con agua hirviendo para que uno se preparara su propia taza del café instantáneo que estaba en medio de la mesa.

El azucarero tenía metida una cucharita cubierta de una costra de azúcar de tanto usarla. Preferí no tomar azúcar. Solo café. Empecé a comer y le dije: Cuénteme, pues, usted cuente su historia y yo le hago preguntas.

—Bueno, pues, si quiere empecemos por el inicio. Yo me dedico a las adopciones desde el 97, imagínese, era yo un patojo, terminando la universidad. Entré a trabajar a una oficina, justo acá en el Edificio El Centro, con un licenciado de apellido Taracena que tenía su despacho en el quinto nivel. Transero el viejito; me enseñó ahí un par de trucos para llevar los casos que todavía me han servido. En ese entonces, las adopciones eran un tema sin tanto problema, no como ahora, éramos pocos, no estaba Mariana Abarca ni nadie de ese grupito, eran tres o cuatro notarios, todos trabajábamos para doña Ofelia Martínez de Bámaca, una señora que era cuñada de un presidente, imagínese, todo estaba bien en esa época. Ella estuvo involucrada mucho con los militares porque como le digo, su cuñado era militar y jefe de Estado, entonces, había mucho niño huérfano por la guerra, de esos niños de las aldeas, inditos pues, de los que sus papás eran puros guerrilleros y el ejército se los quedaba y entonces al inicio, los oficiales que no podían tener hijos o los más buena gente se quedaban con algunos, principalmente los canchitos, cuando eran de oriente, esos fijo se quedaban acá, pero después ya no había dónde colocarlos y doña Ofelia conocía a unas monjitas canadienses de un hogar de niños, que ahí sí ya no eran solo huérfanos, sino que había otros que los papás los dejaban un tiempo. Empezaron a mandar a los niños al Canadá, primero así, ilegalmente, solo con una su actita que se tiraban los notarios diciendo que los niños se iban de viaje y los papás en la misma acta daban el permiso con firma legalizada y no volvían nunca más. Yo digo que ni les explicaban a esos papás cómo era la cosa, si ni español sabían hablar bien. Va, la cosa es que ese negocio empezó a fructificar, las monjitas hicieron plata, doña Ofelia también y empezaron a darle chance a gente como Taracena, que ya era conocido de ellos porque había sido militar también. Así fue el negocio de las adopciones en los ochentas, ya en los noventas pues empezaron a darse más casos porque Ofelia había hecho varios contactos y estos regaron la noticia en Estados Unidos de que acá era fácil la adopción, no como allá que les piden de todo. Y las agencias de adopción pusieron a Guatemala en el radar y eso hizo que varias de esas agencias vinieran. Como yo hablaba inglés, al licenciado Taracena le convenía que lo ayudara y me pagaba más. Pero un día, yendo a buscar a una mamá a Mazatenango, se puso a chupar con unos cuates y agarró el carro y se fue a estrellar contra una ceiba en la carretera. Yo al inicio dije qué voy a hacer, estoy por graduarme y será que los clientes de Taracena me van a buscar y que como ya habíamos establecido el vínculo de confianza, me siguieron dando chance, cada vez tomando más responsabilidad y por supuesto cobrando más. Por ejemplo, yo, niños robados, nunca recibí. Uno sabe cuándo lo son porque los que llegan a ofrecerlos son puros mareritos que los toman, como ese caso que los tiene a ustedes locos buscándola, esa niña fijo se vino en adopción. Solo que como esos mareros son mulas no sé si la lograron vender acá o no. Cinco mil quetzales les pagan por niño robado a los mareros, les sale más rentable que robarse un carro, póngale, y más fácil, porque no hay cómo rastrearlo después. De ahí lo que hacen es que cuando está robado, los abogados van con un juez y lo presentan en abandono, o bien, se van a un registro donde sean cuates del secretario o alguien así de ese rango, y entonces consiguen papeles falsos. Por ejemplo, Mariana Abarca, con la facilidad que tiene de ir a los juzgados, lo que hace es ir a que un juez le declare al niño en abandono y con eso ya no tiene que conseguir los papeles ni la firma de la mamá para poder hacer el proceso de adopción. Fácil la cosa, pero hay que tener llegue con los jueces y ella lo tiene por el esposo, que era presidente de la Corte Suprema. La red funciona cuando se conoce gente que vive en los pueblos: vendedores, gente de los mercados, que conocen a un montón de mujeres y saben cuándo caerle a una que está esperando para ir a ofrecerle que lo dé en adopción. Unas porque el marido se fue a Estados Unidos y no quieren que sepan que están embarazadas porque les van a dejar de mandar las remesas. Otras porque, simplemente, no pueden tener al bebé. Van, les ofrecen diez mil quetzales y les aseguran que el niño va a estar nítido con sus nuevos papás en los Estados Unidos y les van a mandar fotos y todo, que van a estar en contacto. Luego que aceptan, las llevan a los hospitales que trabajan junto a nosotros y ahí tienen a los bebés. Nos hacemos cargo de los gastos porque así también se asegura uno de que las mamás no van a arrepentirse ahí en el parto, es más, creo que los doctores los hacen nacer con cesárea para que ni consciente esté la mamá. De ahí los niños van donde unas mujeres que cobran mil quetzales mensuales más la leche y pañales por cuidar a los bebés recién nacidos mientras dura el proceso de adopción. Nosotros, para mientras, tomamos los datos del bebé y los mandamos a las agencias de adopción para que sepan que hay disponibilidad. Ellos buscan una pareja interesada y cuando ya la tienen nos mandan los papeles para que iniciemos el proceso de adopción. Una vez se hace ese proceso, que es relativamente rápido, ya se van los niños a su nuevo país con sus papás adoptivos que vienen a Guatemala y depende de cuánto quieran pagar, hay un tour que los lleva a los sitios turísticos donde van a conocer la cultura de donde viene su hijo y después permanecen una su semana en un buen hotel para irse con los papeles terminados, con todo y visa tramitada de los niños porque ya van a ser americanos. Así funciona la cosa en términos generales.

—Qué banda opera en el Mercado San Martín, le pregunto.

—No lo sé, no las tenemos ubicadas porque no las conocemos, pero a mí me contaron que a Esthercita sí la anduvieron ofreciendo para varios colegas, pero no le quisieron entrar. De hecho, uno me llamó a mí para decirme: Mirá, hay un caso caliente, me lo vinieron a ofrecer, es una niña así y asá, eso ocurrió por la fecha en la que se robaron a la niña.

—Y quién es ese colega.

—No me lo va a creer, pero no lo recuerdo, es que tampoco le puse demasiada atención, era solo otro caso más de los que tenemos, calientes, con problemas que uno huele y dice ese riesgo sí no lo voy a correr. Qué le pareció el desayuno, por cierto.

—Bueno, normal. Me parece más interesante lo que me está contando.

—Es un gran rollo, usted, pero ya se acabó. Las agencias con las que yo trabajé todas son nítidas, sí buscan un papá adecuado y todo; hay otras que no tanto, imagínese que hay niños de acá que han ido a parar a Medio Oriente quién sabe para qué, dicen que los usan en las guerras, no lo sé, nunca lo pudimos comprobar. Pero mire, pues, me va a ayudar en mi caso sí o no, mire que le acabo de dar toda la info que tengo.

—A lo mejor me podría dar más. Quiero encontrar a Esthercita.

—Buena suerte, pero ahí si no voy a poder, si supiera algo se lo diría en este momento, ¿no cree?, si no me quiero ir preso.

Por alguna razón le creí. Le agradecí por los datos, por el desayuno, me despedí y le dije que me estaría comunicando.

Volví a la oficina y me senté a mirar el monitor. En realidad estaba recordando un suceso de mi propia adolescencia. Era 1994, Eduardo, un amigo mío bastante mayor que yo, tenía muchos conocidos en el aeropuerto porque él trabajó ahí. Entre ellos, varios españoles que trabajaron en Iberia, pero ya estaban jubilados.

Una pareja vino a Guatemala y no sé quién les contó que a veces la gente, en los pueblos, regalaba a los hijos que no podía mantener. Contactaron a Eduardo, y les dijo que, en efecto, eso ocurría, pero que era muy difícil saber cuándo o dónde.

Ellos le contaron que llevaban años intentando tener hijos, sin ningún éxito. Que querían adoptar, pero que en España eso era un lío y que preferían darle la oportunidad a un niño de acá.

Entonces Eduardo hizo unas preguntas con la gente del aeropuerto y le mencionaron a Ofelia Martínez de Bámaca, quien entonces vivía en la Zona 15 por el Club Americano. Eduardo me pidió que lo acompañara a la casa de Ofelia y fuimos. Nos atendió en su jardín. Le explicó que unos amigos del aeropuerto nos habían dado su contacto y que teníamos una pareja de españoles interesados en poder darle una mejor vida a un niño que no quisieran acá.

Ella nos dijo que eso era maravilloso, que había estado varias veces en España y que amaba ese país, nos preguntó que de dónde eran exactamente y le dijimos que de la Comunidad de Madrid. Mejor, va a ser un niño cosmopolita. Bueno, pues, justo tengo a un niño que está por nacer en dos semanas, la mamá es empleada doméstica de una amiga mía, y la verdad es que la pobre está afligida, no lo quiere tener, vive en unas condiciones tremendas, ya tiene otros tres. Me dijo que quería darlo en adopción, que solo necesitaba que la ayudaran con el hospital y luego le dieran una su estufita y una su refri que no tenía en su casa.

Bueno, vamos a ver qué podemos hacer, dijo Eduardo, y fuimos de inmediato a ver a sus amigos. Les explicamos el asunto y dijeron que sí. Entonces les dimos el contacto de Ofelia y de ahí en adelante ellos se encargaron.

Luego supe que habían pagado el monto a la madre para sus electrodomésticos, que también le habían pagado algo a Ofelia por arreglar el hospital, que no solo incluía los servicios médicos, sino que del mismo lugar salieron con un certificado de un médico que decía que el niño había nacido del vientre de Belén, la amiga española, borrando por completo el nombre de su verdadera madre.

Con ese certificado luego fueron a inscribir al niño, a quien se llevaron un mes después como hijo propio. De vez en cuando Belén y su marido mandaban cartas a Eduardo con fotos del niño que cada vez estaba más grande y feliz.

Ese recuerdo era el que tenía frente a mí. Sentí que tenía una deuda tremenda. Principalmente con la historia de esos niños. Como con Esther y los demás. De dónde vienen. Quiénes fueron sus papás. Por qué los dejaron ir.

Tantas preguntas y tan poco con qué poder responderlas. Ese vacío abismal.

# 1 de abril

Joaquín recién cumplió dos años y le hicimos una fiesta en casa a donde acudieron todos nuestros familiares. Para celebrarlo, mi madre se lo llevó a pasar la noche con él, mientras Lucía y yo nos íbamos a tomar un descanso. La invité a comer a un restaurante italiano al que siempre quisimos ir. Pero primero me hizo pasar a donde su madre porque nos iba a dar unas copas que le habían comprado a Lucía para que las usáramos en casa.

Pasamos y saludamos brevemente. Después nos dio la caja con las copas, que llevé al auto. Intentando abrir la puerta, en un descuido, las dejé caer. El sonido de los cristales rompiéndose se oyó por todo el vecindario. Lucía salió y encontró las copas destrozadas en el asfalto.

—No puede ser, dijo, no duraron nada.

—Perdón, no sé cómo pasó.

—Eso se ve claramente. Ya ni las recojás, vámonos, dejalas ahí, ya no sirven.

Subimos al auto. Me dijo que la llevara a la casa mejor; estaba llorando. Lo siento, le dije, lo siento de verdad. Realmente quería ir a cenar contigo.

Lo arruinaste todo.

Estuvimos en silencio todo el camino hasta llegar a casa. Al cerrar la puerta Lucía subió de inmediato a acostarse. Yo la seguí y mientras ella se sentaba en la cama empezó a llorar. Me senté a su lado.

—No estamos bien.

—No.

—Pero todo puede mejorar, ¿verdad?

—Gonzalo, me siento horrible. Estoy saliendo con alguien.

La noticia me cayó como balde de agua fría.

—¿Desde cuándo?

—Hace un par de meses, es alguien de la oficina. No era en serio, ni lo es, pero estando con él me di cuenta de que soy infeliz con vos y que estamos dándole un horrible hogar a Joaquín.

—Yo los quiero, pero estoy abrumado con todo lo que estoy viviendo.

—Y qué estás viviendo, Gonzalo, nunca sabemos de ti.

—Estoy viviendo un horror, Lucía, un horror completo. Y no los quiero llevar conmigo ahí.

—Pero no tenías por qué escogerlo. Podías escogernos a nosotros.

—No lo escogí, me tocó.

—Vos lo escogiste, no veo a tus compañeros estar igual.

Ninguno está buscando a Esthercita.

Esa niña es lo único que te importa ya, nunca me hablás, nunca decís nada, vivo con un completo vacío. No podés darnos ni tu tiempo ni tu atención, estás obsesionado con esos casos.

—Pero me importan ustedes, me importan mucho. Es solo que no sé cómo venir acá y traer todos los días la desgracia, cómo contarte que vi sin ningún filtro la barbarie que vivimos. Por ejemplo, el otro día, vi a un niño que lo violó su hermano con tanta fuerza que le reventó la cabeza contra una pared. La otra vez nos tocó ir a ver a un niño cuyo papá lo mató a mordidas. Cómo vivir eso y después estar normal. No tengo idea. ¿Vos sabés?

—No. Pero también creo que estás mal y que no deberías arrastrarnos con vos. Puede ser que sea en otro lado tu lugar, puede ser que sea solo, ¿ya lo pensaste? Yo estoy cansada. No tengo ninguna gana de llevar esa oscuridad tuya conmigo. Es tarde. Me di cuenta de que estar con vos me hace daño. Quiero que te vayás de la casa.

—¿Lo pensaste bien?

—Sí, es por el bien de ambos, por Joaquín, no podemos seguir así. Hagámoslo por las buenas, aunque sea tengamos ese último acto de cariño.

—Cuándo querés que me vaya, Lucía.

—Cuando podás, encontrá un lugar y listo.

Entonces se puso a llorar y la abracé y yo también lloré como nunca, como si toda la demás tristeza hubiera estado esperando este momento para salir, me deshice en llanto y luego me bajé a dormir al sillón, solo, pensando que tenía que hallar dónde vivir y dejar a mi hijo. Pero sabía que iba a estar bien. Era solo que en este momento era muy difícil de ver.

## 12 de abril

Terminé de empacar mis últimas cosas y las subí al auto. Lucía había salido con Joaquín para no estar cuando me fuera. Antes de irse me abrazó largo rato y volvimos a llorar. Después subimos al cuarto y cogimos. Como dice la canción, fue el polvo más triste del mundo.

Saqué mi última caja de libros y le di un vistazo al jardín; el pasto estaba verde. Ya no tendría que regarlo nunca más, tampoco las plantas repartidas por toda la casa, que guardaba nuestras fotos, nuestros recuerdos, las cosas que fuimos comprando desde que empezamos en un apartamentito con una mesa, una refrigeradora y una cama.

Acá se viene el peso de los recuerdos conmigo. El pie me temblaba cuando me subí al auto y empecé a manejar. Estaba realmente dolido. Atrás se quedaban los últimos cuatro años de mi vida, algunos días más felices que otros. Pero Lucía tenía razón, era por el bien de los dos.

Conduje hasta llegar a mi nuevo apartamento, en la Zona 5, a dos kilómetros de donde vivía mi madre, un sitio con vistas a las montañas de la Zona 16, por donde salía el sol. Era un lugar sumamente sencillo, con lo mínimo para sobrevivir. Una hornilla eléctrica, un refrigerador diminuto, un microondas, una cama y un baño enorme bastante iluminado con ventanales que daban a un árbol del jardín.

Esta era mi nueva vida. En el fondo también sentía alivio, tenía que reconocerlo. Podía hacer lo que me roncara la gana, incluyendo encontrar a Esthercita. Hacerlo sin pensar que estaba dejando algo, sin soportar el peso de llegar a la casa tarde, sin poder hablar. Era libre.

## 18 de abril

La Corte de Constitucionalidad decidió suspender el proceso contra las notarias de Casa Quiroa. Nos pusieron un alto, hasta ahí llegaron. En la fiscalía había franca decepción, pero no asombro. Sabíamos que estábamos en una liga mayor.

Era la hora de salida, viernes, y no tenía nada más qué hacer, así que llamé a Horacio y me dijo que nos juntáramos en Hooters. Me pareció una buena idea. Una hora después estaba comiendo alitas y bebiendo con mi buen amigo rodeado de meseras en shorcitos y compañeros viéndolas con la misma lascivia con la que miraban el pollo en barbacoa.

—¿Dejaste a Lucía?

—Sí, hermano, ya no daba para más.

—Pero qué pasó.

—Todo y nada: se nos murió la onda, y la verdad, creo que metido en los casos me di cuenta de que no teníamos mucho en común, no iba a entender este mundo en el que vivimos.

—¿Pero va a ser temporal o crees que se van a dejar de una vez?

—De una; yo, mi estimado amigo, soy como los vaqueros cuando se terminan los westerns, solo cabalgamos al otro pueblo sin ver atrás.

—Pendejo sos.

Nos echamos a reír. Pero algo había dicho que me salió de lo más hondo: aquello no daba para más. Era lo mejor: para ella, para mí y para Joaquín. Estaba seguro de que nos iba a ir bien. No tenía claro cómo le haríamos, pero estaba seguro de que nos iba a ir bien.

# 9 de mayo

La mañana ha transcurrido con cierta normalidad, si así se puede nombrar a lo que ocurre acá en la Procuraduría General de la Nación, durante la revisión de los casos de adopción.

Esthercita sigue sin aparecer, pero hemos encontrado a otros niños que sus papás buscaban con desesperación. Es una metodología usual que los lleven a los juzgados de niñez, diciendo que los encontraron abandonados. Como pasó con Clara y Michelle.

Me tomaba un café cuando se me acercó Mirena, pálida, balbuceante.

—Acabo de ver a Esthercita.

—Dónde, le pregunté.

—La estaban sacando del edificio.

—Lléveme, corramos.

Pasamos a toda prisa por los pasillos de la Procuraduría y al salir al estacionamiento vimos un grupo de personas subiendo a un taxi. Corrimos, pero fue muy tarde, el auto arrancó a toda prisa.

Llamé a la policía y le pedí que siguiera al taxi. Le pregunté a Mirena qué había pasado, que por qué estaba tan segura de que era Esther, y me dijo que le había visto los dedos meñiques torcidos, como su hija. Que tenía la edad de su nena y que lo sintió cuando estuvo cerca. Que se quedó paralizada del miedo. Que no supo qué hacer.

—En dónde la vio.

—En una mesa de revisión.

—Lléveme a la mesa, por favor.

Fuimos y hablé con la funcionaria encargada. Le expliqué la situación y me enseñó los papeles de la niña. Viendo con atención los documentos constaté que la madre inició el proceso de adopción y luego la dejó en abandono en diciembre del año pasado, cuando empezó la revisión física de los expedientes.

Nunca más apareció, de manera que la cuidadora decidió llevarla al Juzgado de la Niñez de Escuintla donde la declararon formalmente como candidata a ser adoptada. Como estaba en abandono ni siquiera había que hacer prueba de ADN con la madre porque no había necesidad, ya que un juez le había quitado la custodia. Era decisión del Hogar Primavera, de Mariana Abarca, qué hacer con ella.

La foto de la niña pegada en el expediente realmente se parecía a la versión que teníamos de Esther. Podía ser ella. Llamé a Mynor y le conté lo que había pasado. De inmediato se fueron a tramitar unos allanamientos en los lugares donde podía estar: la oficina del mandatario, de la notaría, la casa donde supuestamente la tenían cuidando y la última dirección, el Hogar Primavera, de Mariana Abarca, que aparecía también como contacto.

Llamamos a Lorna de la Cruz para que llegara por Mirena y la ayudara en todo lo que seguía. Estábamos cerca de hallar a Esther.

Tres horas más tarde hicimos los allanamientos. Yo me encargué de ir a la oficina del mandatario que, sin saberlo, ya había sido allanada un día antes por los fiscales de estafas porque se elaboraban documentos falsos. No encontré nada más que expedientes de otros casos y muchas leyes sueltas. Ni señas del abogado ni de la niña ni del expediente. Pasó igual en los otros allanamientos, nada, salvo que en el Hogar Primavera encontraron a 37 niñas y niños que estaban en procesos de adopción y uno que no tenía ningún documento.

Esto era cuestión de tiempo, Esthercita estaba por aparecer.

## 10 de mayo

El único allanamiento que nos quedaba pendiente era el de la casa donde supuestamente tenían a la niña, pero no teníamos la dirección. Cuando la conseguimos, obtuvimos el permiso. Llegamos a la Colonia 4 de febrero, cerca del Periférico. Las calles estrechas impidieron que entráramos con las patrullas y los autos, por lo que tuvimos que estacionarnos cerca.

Luego caminamos entre las casitas de la Colonia hasta llegar a la dirección donde la mujer que llevó a Esthercita dijo que la tenían cuidándola. Toqué a la puerta, un tipo me abrió y, al ver a la policía, quiso cerrar de golpe, pero lo tumbé pateando la puerta y entramos a buscar a la niña.

Tampoco la encontramos ahí. Solo un salón ocupado por un sillón desvencijado y una habitación con una cama y un ropero, sin rastro de la niña.

Terminamos el allanamiento y fuimos a la oficina. Desde ahí llamé a Andrea Preciado, que llegó de inmediato y le contamos la historia. Estábamos a punto de hallar a la niña. Le dimos las fotos de todos los involucrados y nos dijo que lo iban a publicar en la portada de un periódico local para el que también escribía notas. La idea era presionar, solo eso teníamos frente a nosotros.

Dejé la fiscalía y conduje a mi antigua casa para saludar a Lucía por el día de las madres y a lo mejor salir a almorzar porque avanzamos en el caso. Quería contarle que estaba por resolverse. Pero al llegar encontré un auto en el estacionamiento. Me acerqué y por la ventana pude ver en la sala a un tipo que no conocía. Luego vi a Lucía sentarse con él y darle un beso.

Entendí que no había lugar para mí; me di la vuelta y, sin que me vieran, me fui. Conduje lento por la ciudad y al llegar a mi apartamento tuve ganas de llorar.

## 12 de mayo

Encontramos a la niña. Era un momento increíble: una notaria la llevó a un juzgado de la Niñez y la entregó después de ver que habían publicado su rostro en el titular de la prensa poniéndola como parte en una banda de supuestos robaniños. Sirvió la estrategia de persuasión.

Nos citaron del juzgado, también a Mirena y Lorna de la Cruz. Esthercita era una niña de casi tres años, distinta a la bebé que se llevaron los mareros.

En el lobby del juzgado había un revuelo de periodistas, cámaras y gente viendo la escena. Todos querían una foto del reencuentro. Pero fuimos prudentes. Nos juntamos la juez de la niñez, Mynor, Mirena, Lorna de la Cruz y yo en el despacho del juzgado y conversamos sobre cómo proceder.

Aunque todo apuntaba a que era la hija de Mirena, no podíamos darlo por cierto hasta que no tuviéramos una prueba de ADN. Después de mucho pensarlo, se nos ocurrió que podíamos designar a Mirena como tutora temporal de la niña, tomar las muestras de ADN en este momento y esperar quince días por el resultado.

Así lo hicimos. Al terminar la audiencia Mirena salió con Esthercita en sus brazos, acompañada de Lorna de la Cruz. Era su éxito. Los flashes de las cámaras eran como estrellas que se encendían y apagaban frente a nosotros. El bullicio de las preguntas de los periodistas solo dejaba entender una cosa: ¿van a aprehender a la licenciada Mariana Abarca?

Esa pregunta nos tocaba responderla a nosotros, pero no con palabras, sino con hechos.

## 13 de mayo

Al momento de su detención, Mariana Abarca dijo que todos nos hundiríamos. Estaba en su casa de la Zona 10 donde nos recibió con tranquilidad. Nos llevó por todos los cuartos, enseñándonos lo mucho que quería a los niños que dio en adopción, es que son como mis hijos, decía.

Antes de irnos me pidió que la dejara peinarse y maquillarse. Se sentó en su tocador y se arregló. Luego trajo un suéter y caminó hacia la patrulla diciendo que era una enorme equivocación. Sus hijas se despidieron de ella, sentidamente.

La notaria que llevó a la niña al juzgado dijo que estaba arrepentida y que no sabía que era una niña robada. El mandatario de los padres adoptivos que inició la adopción, igual. La cuidadora más bien nos sirvió como testigo, declarando que quien le pagaba era Mariana Abarca y que la notaria ni la conocía, que ella había firmado hojas en blanco, y que hasta llegar a la PGN supo de qué se trataba.

Ahora lo importante era saber cómo había llegado hasta ahí la niña. Por un lado, teníamos una supuesta madre que inscribió a la niña como suya en Iztapa, un municipio de la costa guatemalteca, a hora y media de la capital.

Luego obtuvimos una decisión judicial de declararla en abandono, sabiendo que había una supuesta madre y que debían localizarla o a un familiar antes de decidir enviarla a una adopción.

Por otro lado, sabíamos del negocio de Mariana Abarca, y que había gestionado todo lo que se requería con la agencia de adopción y los padres adoptivos de la niña a quien le habían puesto Raquel Morales.

Todos quedaron detenidos y se armó un escándalo porque en la audiencia Lorna de la Cruz y Mariana Abarca se enfrentaron insultándose entre sí. Casi se nos escapa de las manos el asunto, de no ser porque los policías de tribunales intervinieron.

Mirena estaba dando entrevistas a todos los medios y periodistas, incluida Andrea, quien tanto nos ayudó. El fiscal general decía que este era un logro tremendo conseguido gracias al apoyo que desde su despacho se daba a los fiscales. La presidencia agregaba que fue gracias a la gestión que ordenaron a la PGN y al Congreso que aprobó la nueva ley.

Cada uno aprovechaba la situación a su manera y, francamente, lo que me importaba era que Mirena tenía a Esther en su casa, y cruzaba los dedos para que las pruebas de ADN confirmaran lo que todos queríamos.

29 de mayo


El examen de ADN resultó positivo. Hallamos a Esther. Todo es felicidad.

# 5 de junio

Se nos ocurrió una idea brillante. La supuesta madre de Esthercita se había identificado en el primer intento de adopción con una cédula de vecindad de Iztapa bajo el nombre de Ramona Morales, y también había inscrito a la niña como Raquel.

Así que fuimos a la municipalidad de Iztapa a buscar el libro de cédulas y de nacimientos. Resultó que la mujer que se hizo pasar por la madre de Esthercita, recientemente tramitó su identidad, incluida su cédula de vecindad, porque dijo que no había podido hacerlo antes. Esto suele pasar con la gente que emigra ilegalmente a Estados Unidos de joven y luego la deportan, o bien, porque había una ley que permitía hacer este trámite extemporáneo para identificar a exiliados por el conflicto armado, así que el registro lo vio normal.

Para la inscripción de su cédula, dejó una foto y su huella en el libro de registro, bajo el nombre que se inventó. Pedimos que nos lo mostraran, llevamos a un perito y levantamos la huella y la foto. Las digitalizamos y se las enviamos al departamento de tránsito para que las comparara con las fotografías de su base de datos a ver si teníamos suerte de hallar una coincidencia con los rasgos de la huella o del rostro.

La tuvimos. Resultó que era una mujer que vivía en la Zona 18 de la ciudad, que se llamaba Karen Sarceño con la que había un cien por ciento de compatibilidad entre la huella y la foto. De inmediato fuimos a tramitar una orden de aprehensión con ese nombre.

Para localizarla, investigamos en la base de datos de la Fiscalía y resultó que había puesto varias denuncias contra un vecino que la amenazaba con alguna frecuencia. Tomamos el número de las denuncias y fui al archivo a buscarlas. Las encontramos y leí el expediente. Se suponía que esta mujer había denunciado a su vecino porque ella le decía que bajara el volumen de su música y él le tiraba piedras a su techo y luego la insultaba a ella y a sus hijos.

Revisamos los datos del expediente y encontramos su número de teléfono. La llamé de inmediato desde la fiscalía. Me contestó.

—Hola, le habla Gonzalo Ríos de la Fiscalía, queremos hablar con usted, fíjese que estamos dando seguimiento a una denuncia que usted puso hace tres años contra su vecino y queríamos ver si nos podíamos reunir para tener más información.

—Se tardaron un poco, me dijo, pero claro, usted me dice cuándo y dónde.

—Qué le parece si nos juntamos en el centro comercial de San Rafael, le dije, así platicamos. ¿Mañana le queda bien, a las diez?

—Sí, ahí voy a estar. Perfecto.

Ayer estuvimos en el centro comercial San Rafael y la encontramos frente a una heladería. Era ella. Al acercarnos le expliqué de qué se trataba en realidad. Se puso pálida como una hoja. Yo no tengo nada que ver, nos dijo, yo no me he robado a ningún niño nunca.

—Vamos a ver, ahí en el puerto de Iztapa hay una inscripción donde usted dejó su foto y su huella del pulgar derecho diciendo que se llamaba Ramona Morales.

—Nunca fui ahí.

—Enséñeme sus manos, le dije.

Ella alzó las palmas de las manos para que las viera.

—Me parece que es imposible que no haya estado en Iztapa porque la única forma en que pudiera creerle es que alguien le haya arrancado a usted el pulgar y lo hubiera usado para ir a poner la huella en el libro, le dije.

Entonces se derrumbó. Empezó a contarnos que unas mujeres que hacía tiempo no veía le habían pagado quinientos quetzales para hacerse pasar por la mamá de esa niña. Que eran sus vecinas pero que desde hacía un año estaban desaparecidas.

—Eran unas tipas raras, yo bien dije que eso no estaba bien, pero qué va a hacer uno si oportunidades no hay, solo queda aceptar lo que a una se le ponga enfrente, tengo tres hijos, quinientos quetzales me gasto al mes en comida, con eso comimos, señor, con eso.

—Bueno, cuénteselo a la jueza, dije, a ella le va a interesar.

La llevamos al juzgado, y tal como las otras personas, quedó detenida provisionalmente. Estábamos avanzando.

# 8 de julio

Pocas veces se había intentado procesar a un juez. Pero nosotros lo hicimos con el juez de la niñez de Escuintla. Su declaratoria de abandono era absolutamente deficiente y como mínimo había cometido el delito de incumplimiento de deberes, porque no veló por los derechos de la niña al enterarse de que existía una supuesta madre y no le buscó un recurso familiar para darla en abrigo antes de declararla en abandono para iniciar una adopción.

Esto lo sabíamos bien. Para procesar a un funcionario como este, primero debíamos requerir autorización a la Corte Suprema de Justicia. Un día antes de que decidieran finalmente darnos la autorización fui a buscar al juez. Le dije que mejor renunciara, que aceptara el delito y le podía ofrecer un criterio de oportunidad, una figura que sanciona delitos menores y les exime de la cárcel, si a cambio además declaraba contra Mariana Abarca.

Usted es buena gente, licenciado. Yo sé que me quiere ayudar, pero yo no voy a renunciar, yo me voy a quedar acá, ya lo tengo todo arreglado, no se preocupe.

Con todo arreglado se refería a que el juez a quien habían encargado las pesquisas decidió recomendar que no se levantara el antejuicio, es decir, que no se le investigara. Con lo que no contaba era con que la Corte Suprema desatendiera esa recomendación y decidiera darnos la autorización, que de inmediato bajó al juzgado que conoce de este proceso, donde tramitamos su aprehensión.

Así que ahora estoy acá en Escuintla, a las seis con cinco de la mañana, tocando su puerta, en un condominio bonito, lleno de palmeras. Es una casa de dos niveles. Se escucha una ducha encendida. Vuelvo a tocar el timbre y me preguntan, ¿quién?, a través del intercomunicador.

—Licenciado, ábranos, por favor, soy Gonzalo Ríos.

—Licenciado, me vienen a detener, replicó.

—Por favor, abra, repetí.

—Ahora bajo, dijo.

Esperamos unos minutos y se abrió la puerta. Nos recibió el juez completamente desnudo.

—Señor juez, vístase, le dije.

Pero estaba en shock. Entramos a la casa, que tenía cúmulos de papeles por todas partes y platos sucios.

—Vístase, por favor, le ordené, pero estaba totalmente fuera de sí.

Solo reaccionó cuando vio a una policía entrar por la puerta principal. Entonces se cubrió con un sombrero que tenía cerca y subió a vestirse. Ya cambiado nos acompañó al auto donde lo llevamos a su primera declaración.

La audiencia estuvo concurrida por la prensa. Lo ligaron a proceso, pero le permitieron pagar una fianza y firmar el libro en vez de irse a prisión preventiva. Me pareció razonable.

Afuera de la sala, varios reporteros se me acercaron para preguntarme las impresiones del caso.

Era un suceso histórico. Pero los referí con Lorna de la Cruz, que se desenvolvía mejor ante las cámaras. Ella explicó qué significaba procesar a un juez de la Niñez. Lo que estábamos diciendo desde hacía años se confirma: el sistema está podrido y hecho para vender niños.

Yo la veía dar declaraciones desde una esquina. Andrea Preciado, la reportera, estaba ahí y se me acercó.

—Le están saliendo bien las cosas, ¿verdad, licenciado?

—Sí, Andrea, lo están, quiero poner atención porque es un milagro.

Ella sonrió, me invitó a un café y charlamos un buen rato.

## 12 de agosto

Me reuní con los abogados defensores de Salma Recinos, la notaria que tramitó la adopción fallida de Esthercita bajo el falso nombre de Raquel. Sé que está arrepentida y queremos darle una oportunidad. Podría ayudarnos a entender cómo funcionaba la red de Mariana Abarca, cómo conseguía a los niños y cuáles eran las historias. Podría ayudarnos a darles identidad a los adoptados.

Nos juntamos en el centro de prisión preventiva de la Zona 18. El alcaide nos dejó su oficina, una construcción de cuatro paredes y una ventana, con una mesa enorme alrededor de la que todos estamos sentados.

No era nuestra primera plática, era la quinta y tiene que decidir si va a firmar un acuerdo de colaboración con la Fiscalía o no. Es decir, si va a delatar a Mariana o va a aceptar una responsabilidad que no le toca.

Se lo hago saber así:

—Licenciada, yo sé que es difícil lo que le voy a decir, pero quiero que esté consciente de que en los próximos quince minutos usted va a tener la oportunidad de decidir qué va a pasar con los siguientes 23 años de su vida. Si colabora, ese tiempo lo pasará afuera, con su familia; si no, lo va a pasar acá dentro y esta será su vida. Dígame qué vamos a hacer.

—Quiero hablar con mis abogados a solas, me dijo.

Salí y los dejé hablar. Afuera estaban sentadas algunas mujeres colombianas detenidas por narcotráfico. Parecían pasar un rato tranquilo. Unos minutos más tarde, los abogados me llamaron.

—Licenciado, dijo Recinos, le agradezco su oferta, pero prefiero ir a juicio.

—Respeto la decisión, no me queda más que hacer, así que los dejo.

Me despedí y subí por las gradas, un poco derrotado, pero también seguro de que la suerte estaba echada.

## 24 de diciembre

Han pasado más de seis meses desde las detenciones y desde que encontramos a Esthercita. Llegaron las vacaciones de los juzgados en octubre y estamos en una pausa para poder seguir el juicio en contra de Mariana Abarca y todos los otros procesados por el robo de la niña.

Seguimos sin encontrar a los pandilleros que se la robaron. Pero eso podrá ser más adelante. Por ahora estoy concentrado en no decaer en Navidad. Lucía se fue con su novio y Joaquín a pasar las fiestas fuera. Yo me quedé en la ciudad solo, vagando.

Pasé la mañana viendo películas de Clint Eastwood pero ahora mismo me vine a almorzar al único restaurante abierto en la Zona Viva. Es Friday's del Géminis 10 y estoy comiendo en la barra. A parte de una familia en una mesa cercana, soy el único comensal.

Mientras me como los dedos de pollo empanizados y las papas fritas, siento la mirada de la mesera viéndome tras la barra. Alzo la vista, sus ojos se encuentran con los míos y noto la compasión con la que me observa.

Soy judío, le digo de inmediato. Nosotros no celebramos la Navidad. Ella sonríe y dice: Ahora ya entendí por qué está solo acá. Sí, estoy bien, no se preocupe.

La amable mesera me sirve más Coca-Cola. Un mensaje entra al celular: es Andrea Preciado. Feliz

Navidad, ¿qué está haciendo? Estoy comiendo solo, en Friday's, contesto. Yo estoy atrapada donde mis papás, puedo estar ahí en quince minutos. La espero, respondo, y de inmediato se enciende la emoción.

A los quince minutos la veo entrar, lleva un gorro de lana que la hace ver bien. Noto su alegría al encontrarme, yo seguramente dejé la mía completamente al descubierto. Se sienta a mi lado en la barra.

—Qué año tan intenso, ¿verdad, Gonzalo?, me dice. Celebremos con otra cosa que no sea su Coca-Cola.

Andrea pide una margarita y yo un Jack con Coca.

—Fue un año terrible, Andrea. Y lo que se viene. La sentencia de Mariana Abarca, la reina de las adopciones.

—No podemos dejar de hablar de trabajo, ¿verdad?

—No, no puedo. Estoy consumido.

—Eso me cuesta con la gente, yo siempre termino pensando en eso que estoy investigando, añade Andrea.

—Me pasa lo mismo, parece ser que siempre estoy atrás de algo, más grande, más oscuro, más feroz que yo. Y cuando no siento esa sensación de peligro me pierdo.

—Lo entiendo. Vamos a envejecer solos.

—Puede ser. No lo veo mal. Quiero ser como Clint Eastwood.

Andrea lanza una carcajada.

— ¿Por qué Clint?

—Porque es un tipo duro que cumple la tarea y pasa a la siguiente.

—Es ficción, ojalá fuera tan fácil.

—Ojalá, respondo, y quiero hablar de mis pérdi-
das, pero no tengo energía.

—Gracias por venir, Andrea.

—Tenía ganas de verlo, me dice con una sonrisa.

Acerco mi mano a la suya y la tomo. Todo está
bien.

## 19 de mayo del 2009

Hoy fue la última audiencia del juicio contra Mariana Abarca y el resto de señalados por el robo de Esthercita.

Mynor cerró sus argumentos diciendo:

—Yo no sé, señores miembros del tribunal, si ustedes tienen hijos. Yo sí. Un día sin saber de ellos y sentiría el horror completo del mundo sobre mí. Mirena pasó casi setecientos días y sus noches sin saber de su hija. Este juicio trata sobre ese horror y lo que puede significar para una persona algo como eso: que cada noche pase sin saber cómo están. Sobre ustedes está sancionar a los responsables.

Los abogados de los sindicados tenían muy poco qué decir. Es más, seguían con que todo era legal, que era en favor de la niñez, que estaban evitando que fueran futuros criminales.

El tribunal fue claro. Dictó sentencia esta misma tarde: culpables. Parte de la historia de Esther estaba escrita en esa sentencia. Lo que no estaba ahí, se perdía en el territorio de la anécdota, de lo que tocó hacer para recobrar su nombre.

Era una sensación agridulce al final de cuentas. La niña estaba con su madre, era una victoria. Una banda de robaniños desarticulada, pero aún quedaban cientos afuera. Incluyendo resolver la historia de los niños de Casa Quiroa a cuyos padres jamás hallamos.

Esa sensación extraña creció más aún al llegar a la fiscalía, casi a la hora de salida. Nadie parecía demasiado impresionado con el fallo. Es más, todo parecía funcionar como siempre, el ruido, la gente, los papeles apilados, las tarjetas con nuestros nombres para marcar el horario.

Volví a felicitar a Mynor, él a mí, y cada uno se fue a su escritorio. Sobre mi lugar una pila de denuncias como la de Esthercita, la de Clara, la de Michelle, estaba esperándome.

Habíamos resuelto un caso. En mi buzón tenía 450 más esperando.